DIANA

Das Buch

Die 35jährige Lehrerin Alyson wurde in ihrer Ehe von ihrem Mann mißhandelt. Jetzt lebt sie allein, aber ihr Leben ist eintönig, denn die sensible Frau hat den Glauben an wahre Gefühle verloren. Eines Tages fällt ihr im Zug ein blonder junger Mann auf. Es stellt sich heraus, daß der fünfzehnjährige Tom Alyson von früher kennt, denn er ist der Sohn ihrer Freundin Louise, die Alyson lange nicht mehr gesehen hat. Wochenlang trifft Alyson Tom jeden Freitag, wenn sie auf dem Weg zum Yogakurs ist, bis Tom Alyson eines Tages gesteht, daß er sich in sie verliebt hat. Zunächst wehrt Alyson den Jungen ab, obwohl sie ahnt, daß ihr Tom ebenfalls nicht gleichgültig ist. Aber Tom bleibt hartnäckig, und Alyson läßt sich, halb gegen ihren Willen, auf eine heimliche Affäre mit dem viel jüngeren Mann ein.

Es dauert neun Monate, bis die Beziehung auffliegt. Toms Eltern sind empört und kündigen Alyson die Freundschaft, doch sie können ihren Sohn nicht von ihr fernhalten. Entschlossen gibt Tom die Schule auf, sucht sich einen Job und zieht sogar bei Aly ein. Die beiden sind miteinander glücklich, doch immer öfter grübelt Aly darüber nach, ob das, was sie tut, richtig ist. Von Freunden und Kollegen muß sie sich harte Kritik und heftige Anschuldigungen gefallen lassen, und ihr Schuldirektor droht sogar mit Entlassung, wenn sie die Beziehung zu Tom nicht abbricht. Da verunglückt Tom mit seinem Motorrad, und voller Panik eilt Alyson ins Krankenhaus.

Die Autorin

Dianne Highbridge ist in Sydney geboren und aufgewachsen. Nach ihrem Lehrerstudium und einigen Jahren im Schuldienst zog sie nach London, wo sie als Buchhändlerin arbeitete. Später studierte sie in London und Tokio und promovierte über die japanische Frauenbewegung im frühen 12. Jahrhundert. Während ihrer Zeit in Tokio begann sie zu schreiben und veröffentlichte Kurzgeschichten und Artikel über japanische Lebensart. Nebenbei sammelte sie Erfahrung in der Werbung und beim Rundfunk. *Ein jüngerer Mann* ist Dianne Highbridges erster Roman.

Dianne Highbridge

Ein jüngerer Mann

Roman

Aus dem Amerikanischen von
Margarethe Van Pée

Deutsche Erstausgabe

DIANA VERLAG
München Zürich

Diana Taschenbuch Nr. 62/0026

Titel der Originalausgabe
»A Much Younger Man«

Printed in Germany 1999

Umschlagillustration: Andrej Barov
Umschlaggestaltung: Hauptmann und Kampa
Werbeagentur, CH-Zug
Satz: Schaber Satz- und Datentechnik, Wels
Druck und Bindung: Elsnerdruck, Berlin
Gedruckt auf chlor- und säurefreiem Papier

ISBN 3-453-15034-1

http://www.heyne.de

1

Nur ein Junge im Zug. Das Hemd hängt ihm hinten aus der Hose, blondes Haar, das ihm in die Augen fällt, eine Büchertasche über der Schulter. Er kommt gerade aus der Schule.

Genau wie sie, mit einer Aktentasche voller Arbeit, voller alberner, überschwenglicher oder plump-vertraulicher Klassenarbeiten, die sie alle lesen muß, korrigieren und markieren mit ihrer ungeduldigen Handschrift, spät am Sonntagabend an ihrem Küchentisch, mit Hilfe eines Glases Weißwein – sicherer als roter, falls sie das Glas aus Ungeschicktheit oder Frustration einmal umstoßen sollte. Auch das passiert nämlich.

Der Junge verabschiedet sich lautstark von einer Gruppe Gleichaltriger, die an einer Station aussteigen, wo Jacarandablüten sich über den Zaun ergießen und den Bahnsteig in der Nachmittagssonne purpurrot leuchten lassen. Durch seine laute Verabschiedung fällt er ihr auf. Dann dreht er sich um und kommt auf sie zu, durch den halbleeren, schwankenden Waggon.

Er scheint sie direkt anzublicken. Ja, wahrhaftig. Oh, nein! Er setzt sich neben sie. Ein jugendlicher Verrückter? Die sind am schwierigsten loszuwerden, und außerdem das letzte, was sie im Moment braucht.

»Aly?«

Kein Verrückter, und auch nicht nur irgendein Junge im Zug. Ein Junge, der ihren Namen kennt. Innerlich seufzt sie auf. Wessen Sohn ist er? Der eines Nachbarn, den sie einmal gesehen hat, als er samstags auf der Straße das Auto seines Vaters gewaschen hat? Der eines

Kollegen, den sie im verrauchten Dunst irgendeiner Gartenparty kurz kennengelernt hat? Zu wem gehört er nur? Sie wachsen so verdammt schnell, und im großen und ganzen sehen sie alle gleich aus. Groß für ihr Alter, das heißt, größer als Kinder in dem Alter früher gewesen sind. Mehr oder weniger blond, relativ unbehelligt von Akne oder unregelmäßigen Zähnen, mit Augen, deren Farbe ihr nie richtig auffällt, braun, blau oder grün. Diese Augen hier sind nicht ganz blau. Er könnte irgendeiner von einem halben Dutzend seidenhaariger Söhne sein. Doch wenn sie genau darüber nachdenkt, kommt er ihr irgendwie vertraut vor. Bleib unverbindlich. »Hallo«, sagt sie.

»Ich habe dich eine ganze Weile nicht gesehen.«

»Nein, stimmt.« Zu wem gehört er bloß?

»Unterrichtest du noch? Immer noch an der selben Schule?«

»Hm.«

»Ich weiß nicht, wie du das aushältst.«

»Ich auch nicht.«

»Ich würde es hassen, Leute wie mich zu unterrichten.«

Wenn dies eine Schmeichelei sein soll, dann klingt es seltsam grob, daß er sagt, er haßt es. Es stimmt auch nicht immer.

»Du möchtest also kein Lehrer werden?«

Natürlich nicht. Diese Kinder wollen alle Plattenproduzent oder so was werden. Alles mögliche, solange es nur nicht in einem Bereich liegt, in dem sie möglicherweise einen Job bekommen könnten. Und ihre Eltern können sich die Phantasien ihrer Kinder leisten. Das ist so, wenn man zur Mittelschicht gehört.

Er blickt sie überrascht an. »Ich habe meine Meinung nicht geändert. Erinnerst du dich noch an die Stadt auf der Veranda? Zelda ist hineingefallen. Ihr war schwindlig geworden.« Er lacht. »Eine Katastrophe.«

Problem gelöst. Louises Tom. Er steht mit gespreizten Beinen im Gang. Ganz schön groß geworden … wie lange es auch her sein mag. Sie hat Louise gelegentlich gesehen, trotz ihrer Distanziertheit, hat sich das Neueste von ihm, seiner Begabung, seiner Kreativität erzählen lassen, blabla, sie hat nie wirklich zugehört, aber als sie ihn das letzte Mal gesehen hat, war er nicht annähernd so groß wie jetzt. Er tauchte auf Kommando auf, um hallo zu sagen, und schoß wieder davon.

»Ich erinnere mich an die Stadt.«

»Na logisch, du hast schließlich einen Turm gebaut.«

»Das weißt du noch?«

»Ja. Das war das einzige, was stehenblieb. Gute Konstruktion.«

»Aber du warst doch erst … Wie alt bist du jetzt?«

»Fünfzehn. Du hast mich nicht erkannt, nicht wahr?«

»Natürlich habe ich dich erkannt.«

Er grinst. Seine Stimme klingt nicht mehr wie die eines kleinen Jungen. »Ist schon okay. Ich nehm's dir nicht übel.« Er setzt sich auf den Platz ihr gegenüber. »Ich habe dich von da hinten gesehen, aber zuerst war ich mir auch nicht sicher. Du hast irgendwas mit deinen Haaren angestellt. Sie sind rötlicher. Früher waren sie irgendwie mausfarben.«

Danke, Junge. Jetzt sind sie irgendwie grau. »Ich habe sie mit Henna getönt.«

Er nickt zustimmend. »Gute Idee.«

»Na ja. Also … du zeichnest immer noch Gebäude?«

»Ich kann es inzwischen noch besser.«

»Spielst du auch immer noch Gitarre?«

»Ja, und Laute.«

»Was?« Der Zug hält quietschend zwischen zwei Stationen. Farne hängen von den feuchten schwarzen Sandsteinmauern neben den Gleisen. Grünes Licht dringt in den Waggon. Wie lange werden wir hier feststecken?

»Laute.« Gut, wir fahren schon wieder an. »Louise wollte, daß ich es lerne.«

Natürlich. Das sieht Louise ähnlich. »Du weißt schon. Ich soll was Besonderes sein. Aber ich habe einen tollen Lehrer, und es macht mir eigentlich Spaß. Ist doch komisch, oder? Das muß in den Genen stecken, immer wieder was Neues.«

»Wirst du deswegen in der Schule nicht gehänselt?«

»Nicht sehr. Schließlich habe ich ja auch noch andere Interessen. Außerdem gibt es einen Jungen in meiner Klasse, der Ballett macht. Der kriegt das meiste ab.«

»Da hast du Glück gehabt.«

»Er ist nicht schwul. Weißt du, damit ziehen sie ihn auf. Aber er läßt sich nicht beirren.«

»Na ja, dann.« Sie sind schon fast an ihrer Haltestelle. Es war eine anstrengende Woche. »Und schwimmst du auch noch?« Das hat er doch gemacht, oder? Er hatte Asthma, und Louise …

»Wir sind ziemlich erfolgreich in der Staffel.«

»Schulmannschaft?«

»Rückenschwimmen. Das kann ich am besten.« Er streckt sich unbewußt und verschränkt die Hände hinter dem Kopf. »Ich habe keinen Asthmaanfall mehr gehabt. Ich bin wohl herausgewachsen.«

»Gut.« Sie schweigen. »Gut«, sagt sie noch einmal. Was soll sie sonst sagen? »Ich mag Rückenschwimmen, weil ich gerne in den Himmel gucke.«

»Ich auch.«

Sie greift nach ihren Sachen. »Ich muß an der nächsten Station aussteigen.«

»Gehst du nach Hause?«

»Ich gehe zu meinem Yoga-Kurs.«

»Was für eine Art?«

»Was meinst du damit?«

»Gibt es nicht unterschiedliche Arten?«

»Hatha. Das gute alte Hatha-Yoga.«

Er steht auf, um sie vorbeizulassen. »Du darfst anscheinend nicht sagen, wie groß ich geworden bin. Das ist wohl ein Tabu.«

Sie muß zu ihm aufblicken. »Du könntest verlegen werden.«

»Ich nicht«, entgegnet er fröhlich. »Worüber lächelst du?«

»Ich mußte gerade daran denken, daß sie dich Piers nennen wollte.«

»Hast *du* ihr das ausgeredet? Das war bestimmt nicht leicht, ich schulde dir was dafür. Du hättest auch vor Griseldas Geburt dasein sollen, sie ist mit ihrem Namen wirklich gestraft.«

»Ich wohnte damals in London.« Nein, ich lebte in der Hölle. Und Louise schrieb mir regelmäßig. Trotz ihrer Arbeit und der Kinder fand sie Zeit, mir die Briefe zu schreiben, die ich brauchte, um alles durchzustehen. »Sag ihnen liebe Grüße von mir – Louise und Toby.«

»Das tue ich. Komm doch mal wieder vorbei.«

»Danke.« Sie geht den Gang entlang. Der Zug ruckt, als er in den Bahnhof einfährt, und sie muß würdelos nach einem Haltegriff greifen. Sie blickt sich um, aber er grinst nicht schadenfroh, sondern lächelt nur. Dann verändert sich sein Gesichtsausdruck, er springt mit ihrer Aktentasche in der Hand auf und eilt ihr nach. Die Aufsätze!

»Danke«, sagt sie noch einmal, und dieses Mal kommt es von Herzen. »Danke, Tom.«

»Sei vorsichtig, da ist ein Spalt.«

Er bleibt mit verschränkten Armen an der Tür stehen, als sie sich wieder schließt. Er hat den langen Oberkörper eines Schwimmers. Ungelenk, wenn seine Beine im Weg sind, aber sonst recht anmutig. Vom Bahnsteig aus sieht sie, wie er seine Hand zu einem beiläufigen Gruß erhebt und erwidert ihn ebenso beiläufig.

Der Bogen. Er hilft bei Konzentrationsstörungen und reduziert den Hüftumfang. Einatmen. Linken Fuß über den rechten Oberschenkel legen. Mit der rechten Hand umfassen, und die rechten Zehen mit der linken Hand. Louises Tom. Was sagt man dazu? Netter Junge. Der Tag, an dem Toby anrief. Er ist da! Toby hatte immer gesagt, daß es ein Junge werden würde, und Toby bekommt im allgemeinen, was er will. Keiner unserer Freunde hatte damals Kinder, Tom war das erste. Louise wollte immer die erste sein. Ich ging los und kaufte ein … was eigentlich? Eine Häschendecke, gelb, um nicht sexistisch zu sein. Ein Geschenk. Ich brachte es ihr ins Krankenhaus, und das Baby war in Louises Zimmer. Sie wollte alles ganz natürlich haben. Später trug sie ihn auf dem Rücken, in einer Art Trage von irgendeinem Stamm am Amazonas. Ein Freund, der Ethnologe war, ich habe den Namen vergessen, hatte sie ihr mitgebracht. Deswegen sind die Leute am Amazonas bindungsfähiger, sagte sie. Wir waren so jung damals. Ausatmen. Linker Fuß ans rechte Ohr. O mein Gott, das war eine anstrengende Woche. Und die Übungen hier sind auch anstrengend. Einatmen. Umdrehen. Auf der anderen Seite wiederholen. Wie lange kann ich diesen Job noch aushalten? Ich habe ihn damals schon gemacht, und heute mache ich ihn immer noch. Bis auf die Zeit dazwischen, als ich mit Eric so weit von zu Hause weggegangen bin. Ausatmen. Das war ein Fehler. Rechter Fuß ans linke Ohr. Ich wünsche, ich könnte mich erinnern, warum ... warum ich das getan habe. Warum habe ich es überhaupt in Erwägung gezogen, als es anstand ... anstand ... halt ihn dort.

Konzentrieren Sie sich, sagt der Lehrer. Ich konzentriere mich ja. Darum geht es schließlich. Ein sonniges Kind. Einmal, er muß damals zwei gewesen sein, fiel er hin und schlug sich den Kopf auf. Überall war Blut. Er mußte genäht werden, und er hat nicht einmal geweint. Minuten später lachte er schon wieder. Louise weinte für ihn. Sie sagte, er ist so glücklich, manchmal frage ich mich, ob er überhaupt ganz von dieser Welt ist. Er ist von dieser Welt. Oh ja. Einatmen. Umdrehen.

Das Wochenende. Viel zu tun. Dieser verwurzelte Philodendron und der Zwergzitronenbaum. Du hast nicht genug Blumentopferde, kauf noch welche. Umtopfen ist immer befriedigend. Du klopfst auf den Topf, holst die Pflanze heraus, verkleinerst den Wurzelballen, indem du die alte Erde vorsichtig abstreifst und die Wurzeln beschneidest. Du topfst die Pflanze in frische Erde ein. Dann gießt du Wasser darauf, nicht zu viel. Hockst dich auf die Fersen und siehst dir den Topf eine Weile an.

Samstag abend. Abendessen und ein Film mit Katie, die den Kellner anschnauzt, als er ihr Pizza mit Ziegenkäse bringt. »Ich kann nicht anders«, sagt sie. »Brian ist weg. Meine Hormone geraten ganz durcheinander, wenn ich alleine bin. Oh, es tut mir leid, Aly! Ich habe es nicht so gemeint.«

Seiten voll mit vertrauter Schrift kommen von der rechten Seite des Tisches gewandert, werden kurz angeschaut, und mit roter Tinte versehen nach links gelegt. Die beiden Stapel haben ungefähr die gleiche Höhe. Zur Hälfte geschafft. Sie nimmt einen Schluck.

Damian. Marilee. Tiffany. Die hat nicht viel Ahnung.

Wahrscheinlich weiß sie mehr über die praktischen Dinge des Lebens. Aber nicht allzu viel über die dramatische Funktion der Hexen in Macbeth. Sie wird's überleben.

Das Telefon. Sie greift mit der linken Hand danach, kritzelt mit der rechten eine Bemerkung und legt Tiffanys Arbeit auf den linken Stapel. Dann zieht sie Kim mitten aus dem rechten Stapel, bringt dabei das Gleichgewicht in Gefahr. Es ist wichtig, sich ein überraschendes Element zu erhalten. Oder ein komisches, je nachdem, wie man es sieht.

»Alyson, hier ist Louise McCarthy.«

»Louise.« Das kommt nicht wirklich unerwartet. Warum sagt sie bloß immer ihren vollen Namen? Was glaubt sie, wie viele Louises sie kennt?

»Wir haben gerade an dich gedacht. Tom hat erzählt, daß er dich am Freitag getroffen hat.«

»Ich habe ihn kaum erkannt.«

»Ist er nicht toll?«

»Ja.«

»Hat er dir von dem Konzertabend erzählt?«

»Nein. Nein, hat er nicht.«

»Mit einer neuen Musikgruppe. Er ist da eingetreten, weil sie kurzfristig eine Laute brauchten. Sie bestehen aus einer Viole, einer Chittarone und zwei Lauten, die andere spielt sein Lehrer, es sind alles Profis ...«

Ein Geräusch aus dem Hintergrund, kaum hörbar, aber es klingt unmißverständlich wie »Mum, hör auf!«

»Er hat es nicht gerne, wenn ich darüber rede«, sagt Louise. »Er ist sehr ...«

»Bescheiden.« Sie verdreht die Augen.

»Er weiß gar nicht, daß er wirklich ...« Aus dem Hintergrund ist ein Stöhnen zu hören. »Na ja, wie auch immer. Wir haben gedacht ... Wenn du nicht mitten in der Woche zu sehr unter Druck stehst, ob du wohl Lust hast, zu uns zu kommen und mit uns zu Abend zu essen?«

»Hm ...« Wer sonst noch? Oliver, der Architekt, dessen Typ ich nicht bin? Die Weinfreaks, die eine Beteiligung an einem Weinberg haben? Oder schlimmer noch, irgend so ein Typ, der nur für mich bestimmt ist? Irgendein Gastdozent, der mit Überzeugung eine bestimmte poststrukturalistische Theorie vertritt? Um sicherzugehen, daß Toby es nicht wieder tut?

»Nur wir, nichts Besonderes. Pasta, ein Glas Rotwein. Es ist ja schon Ewigkeiten her.«

Es ist wirklich schon Ewigkeiten her, jener Abend, als Toby ihr nach einer Party in der Küche den Nacken gekrault hat, zwischen all den Abfällen und dem schmutzigen Geschirr. Sie hat ihm gesagt, er solle es lassen, aber Toby hat, offenbar aus Angst, sie könne ihn verraten, seine eigene Version erzählt, vorbeugend sozusagen. Daher die kühle Distanz. Louise ist eine clevere Frau, aber so clever nun auch wieder nicht. Wer ist das schon? Andererseits hat sie die Beziehung nicht ganz abgebrochen, ab und zu trifft sie sich mit Katie zum Mittagessen, also muß sie zumindest einen leisen Zweifel hegen. Wird Louise unsicher? Hat Toby die Nerven verloren, nach all den Jahren?

Nicht, daß sie die einzige gewesen wäre. Keineswegs, das ist bekannt. Und es war auch nicht das erste Mal. Das hat, wenn sie sich richtig erinnert, in ihrem ersten kleinen Reihenhaus stattgefunden, ebenfalls in der Küche, während Louise Tom im Wohnzimmer stillte. Sie hatte angeboten, den Abwasch zu machen, weil es so quälend war, jemandem beim Stillen zuzusehen. Vor allem Louise, die sich des mütterlichen Anblicks, den sie bot, so sehr bewußt war, und die sich weiter unterhielt, trotz des schmatzenden Babys an ihrer Brust, das eigentlich keine Dritten oder Vierten zuließ, sondern nur stille Bewunderung verlangte. Toby kam in die Küche und sagte, Gott, langweile ich mich, und fuhr mit den Fingerspitzen an ihrem Halsausschnitt entlang. Sie kicherte, und eigentlich war es schon fast eine Versuchung.

Das alles geschah vor der Zeit der offenen Ehe. Ein seltsames Zwischenspiel. Eifersucht ist die am wenigsten produktive und die am wenigsten kreative Emotion, erklärte Louise unter dem Einfluß dieser Idee. Wenn jemand mit der Person, mit der man verheiratet ist, tanzen oder essen gehen möchte, dann ist das doch auch in Ordnung, oder? Warum sollte es etwas anderes sein, wenn sie miteinander ins Bett gehen wollen? Eine Zeitlang sah es so aus, als ob Louise ihr Toby geradezu anbieten wollte, allerdings nur im Prinzip.

Der arme alte Toby. Es hat alles keine Rolle gespielt. Sie sind immer noch zusammen, und nicht einmal mehr in diesem schäbigen kleinen Haus, sondern in einer riesengroßen Villa, die Oliver, Toms Patenonkel, renoviert hat. Er hat sich an Gebäuden in der ganzen Stadt vergangen, deren Fassaden aussehen wie die Rückseiten von Kühlschränken, aber noch nicht einmal er hatte dem alten Sandsteinhaus am Hafen etwas anhaben können.

Und da wohnen sie zwischen Bäumen und Vögeln und einer frischen Brise vom Wasser her, selbst an den heißesten Tagen. Toby, Louise, Tom, Griselda und die alte, ökologisch unkorrekte Katze Satori (»Wir werden uns keine neue mehr anschaffen«). Louise hat es doch nicht allzu schlecht getroffen, oder?

Am Morgen fährt sie mit dem Auto zur Schule. Um sich zu beruhigen, hört sie das Concierto de Aranjuez auf Kassette. Sie steuert direkt hinter Mel durchs Tor. Aus den Augenwinkeln sieht sie ihren Chef schon vor seinem Büro stehen, seine teure antike Taschenuhr ostentativ in der Hand, aber es ist noch genügend Zeit. Er schüchtert gern die Leute ein, es gefällt ihm, wenn man sich hetzt.

Sie holt ihre Tasche aus dem Auto, lehnt sich gegen die Tür und steckt den Schlüssel ins Schloß.

Ein paar Achtklässler raufen sich an der anderen Seite des Parkplatzzaunes. Sie üben Kickboxen. Es sieht nicht wirklich bösartig aus, ist aber trotzdem streng verboten. Die Kraft, die hinter jedem Schlag steckt, diese unglaubliche Energie, die sie bei allem an den Tag legen! Sie fühlt sich auf einmal müde, und dabei hat der Montag noch nicht einmal richtig angefangen.

»He, Jungs!« bellt Mel, und sofort kuschen sie und trollen sich.

»Wie machst du das?«

»Die Kraft des Intellekts«, grinst sie. »Du willst nicht zufällig eine kleine Katze, oder?«

»Nein, danke.«

»Bist du sicher? Unsere Katze hat gestern abend fünf Junge bekommen, alle in meiner Hockeytasche. Sie werden ganz bestimmt entzückend.«

»Alice?«

»Gertrude. Die kleine Nutte.«

»Wer ist eine kleine Nutte?« Das macht Bill immer so, er schleicht sich von hinten heran und schnappt ein paar Worte des Gesprächs auf. Worte sind wie ein Geschenk für ihn.

»Unwichtig, Bill. Niemand, der an dir interessiert wäre.«

Alyson geht weiter. Gib ihm bloß keine Chance. Eines Freitags hat er ihr in der Kneipe, wo sie jetzt nicht mehr hingeht, ins Ohr geflüstert: »Darf ich dir süße Nichtigkeiten zuflüstern?« Und sie hat geantwortet: »Ich glaube gar nicht, daß du das beherrschst, Bill, ich habe gehört, wie du mit deiner Frau redest.« Diese eine schlecht überlegte Zurückweisung hat ausgereicht. Seitdem läßt er keine Gelegenheit aus, ihr das Wort im Mund herumzudrehen. Auf Konferenzen bringt er es fertig, alles, was sie sagt, als das Dümmste hinzustellen, was er je gehört hat. Das ist ganz leicht, wenn man es will, und er will es.

Sie läuft die Treppe hinauf, wirft Bücher und Papiere an ihren Platz, überquert den Hof zur Aula und stellt sich still in die hinterste Ecke. Ignoriere alle Verletzungen, solange dir nicht wirklich körperliche Schmerzen zugefügt werden. Da steht Tiffany mit ihrer Clique, in Röcken, die übers Wochenende noch kürzer geworden sind. Lauter begeisterte kleine Schneiderinnen. Komisch, als ich hier anfing, hätte ich am liebsten diese ganzen Uniformvorschriften im Interesse der persönlichen Freiheit abgeschafft. Ich dachte wirklich, daß die Vernunft sich durchsetzen würde. Aber so habe ich es natürlich auch nicht gemeint. Tiffanys kleiner Arsch. Warum steht ihr hier alle? Oh, ich hatte vergessen, daß der Bürgermeister heute hier eine Rede hält – worum geht's noch mal? Ihr seid die Führungskräfte von morgen … das ist zu viel! Die alte Rede über die Führer-von-morgen. Wie können sie das nur immer mit so aufrichtigem Gesicht von sich geben? Gekicher. Er hat den Namen des Direktors vergessen. Die Gesichter hellen sich auf.

Ein warmer Morgen, das Fenster ist offen. Der Geruch von Jugendlichen in Massen wird immer stärker, je weiter der Tag fortschreitet. Als Einzelpersonen duschen sie sich manisch jeden Tag und waschen sich pausenlos die Haare, aber der Geruch bleibt, stechend. Es mag ja sein, daß das schlaksige Möchtegernstadium seinen Reiz hat, aber im Moment kann ich ihn nicht erkennen. Es gibt aber auch ein paar unglückliche Pickeldrücker. Lenk sie ab. Allerdings muß ich zugeben, daß ich, auch ohne Disziplinunterricht bei Mel, nicht mehr solche Probleme wie früher habe. Ein Alptraum. Ich kam in die Klasse, und die großen Jungen gaben hinter meinem Rücken etwas von Tisch zu Tisch, und ich ging hin und streckte meine Hand danach aus (am schlimmsten war, daß es in meinem Traum meistens ein kleines totes Tier, irgend etwas Schleimiges war). Statt es mir zu geben, warfen sie es zu Boden und ich sagte, heb es auf, noch ein Fehler, da ich ihnen meinen Willen direkt entgegensetzte, und sie blickten mich abschätzig an und weigerten sich, und ich wachte schwitzend auf. So etwas passiert jetzt nicht mehr, weder in der Klasse noch in meinen Träumen, ich weiß gar nicht genau, wann es aufgehört hat, wann ich es begriffen habe. Ich wurde einfach besser, paßte mich an.

Kylie, lies vor. Aus, verdammter Fleck. Was ist daran so lustig? Ach, euer Hund heißt Fleck. Na komm schon, du kannst es lustig oder auch ernst lesen. Glaubst du, es gibt einen Oscar fürs Kichern? Der beste Kicherer in einer Tragödie? Na los.

An meinem ersten Unterrichtstag als richtig ausgebildete Lehrerin bin ich durch die Reihen im Klassenzimmer gegangen, im ersten Klassenzimmer, das wirklich mir gehörte, und fühlte mich unglaublich erwachsen. Ich ließ die Schüler etwas schreiben und ich dachte, das ist doch leicht. Sie waren ruhig, alles war ruhig, von draußen hörte man entfernt einen Rasenmäher, nur dieses friedliche Geräusch. Und dann dachte ich: Tue ich das nun mein ganzes Leben lang? Plötzlich fühlte ich mich in diesem Raum voller Kinder lebendig begraben, weil mir auf einmal klar wurde, was für einen Fehler ich gemacht hatte, aus dem so viele andere Fehler entstanden. Sogar der Fehler zu heiraten, die Chance zu ergreifen, wegzugehen. Aber ich kam zurück, und ich hatte Glück, meinen Job wiederzubekommen. Das gibt einem eine andere Perspektive. Obwohl es heutzutage mit Kindern schwieriger ist, sie sagen einem »Scheiße« ins Gesicht. Aber das ist mir egal. Eigentlich sind sie mir zu sehr egal. Ich bin nicht darauf angewiesen, daß sie mich lieben. Ich tue einfach meinen Job. Ich kann es. Jahr für Jahr ziehen sie an mir vorbei. Sie sind immer die gleichen, nur ich werde älter. Manchmal sehe ich sie, im Supermarkt, in der Reinigung, im Ballett. Sie haben Abitur gemacht, geheiratet. Manchmal haben sie ein Baby dabei, und es greift nach meinem Finger, und ich lobe es. Sie wird mal eine bessere Schülerin sein als ich, sagen sie dann immer. Manchmal erzählt mir jemand eine traurige Geschichte, während wir im Einkaufszentrum am Ständer mit den T-Shirts stehen und der Geruch von Doughnuts in der Luft hängt. Sie erinnern sich alle an meinen Namen. Ich tue so, als wüßte ich ihren auch noch, als ob sie mehr als nur Gesichter für mich wären. Für gewöhnlich funktioniert es. Und ich möchte nicht auf Hilfsmittel zurückgreifen müssen. Ich fände es schrecklich, jetzt vor einer dieser Tafeln mit ihren unterschiedlichen Farben, Zeiten, Leuten und Zimmern zu stehen. Unentwegt summt ein Computer. Wenn ich das je nötig hätte, würde ich wahrscheinlich meine Art der Erinnerung an die Kinder vorziehen.

Komme, was kommen mag. Die Stund' und Zeit durchläuft den rauhsten Tag. Macbeth.

Tiffany fragt, in Gedanken an ihren sonstigen Unterricht: »Was halten Sie von künstlicher Befruchtung?« Anscheinend hat Tiffanys Mutter es öfter probiert und wäre beinahe durchgedreht, als es die ersten sieben Male nicht funktionierte. Als es dann doch klappte, war sie glücklich wie nur was und produzierte ... »Ta-taa! Mich!«

»Also war es die ganze Mühe wert?«

»Machen Sie Witze? Meinen Eltern war es das wert! Mir auch! Schließlich bin ich jetzt hier. Aber ich frage *Sie*!«

»Ich mache nur Witze.«

»Macht es Ihnen denn etwas aus, Steuern dafür zu bezahlen?«

»Frag mich noch mal, wenn ich deinen Test korrigiert habe.«

Während sie am Tisch im Lehrerzimmer sitzt und einen Aprikosenjoghurt ißt, denkt sie an die alten Lehrer von früher. Die Finger gelb von Nikotin und staubig von der Kreide. Pedanten. Denkt daran, was sie im Lehrerseminar in der letzten Stunde gesagt haben, halb im Ernst und halb im Spaß. Regel Nummer eins: Nimm niemals die Tasse eines anderen. Vergiß die Philosophie der Erziehung. Bring deinen eigenen Becher mit.

Sie hat einen.

Was für eine Musik spielt er wohl auf der Laute?

2

Louise schneidet Gemüse. Sie weiß genau, wie man alles mögliche richtig schneidet und zerteilt, und sie hält das Messer genauso wie auf den Abbildungen, die vorne in Kochbüchern sind. Einmal, bei Alyson zu Hause, hat Louise ihr das Messer aus der Hand gerissen und ihr gezeigt, wie man Karotten korrekt schneidet. Louise wußte immer schon, daß in ein Curry niemals Ananas gehören. Sie servierte Gazpacho, bevor die anderen überhaupt den Namen kannten, sie entdeckte kaltgepreßtes Olivenöl extra vergine, buk Hefe- und Sauerteigbrot, übergoß Kräuter mit Essig und verachtete ein ganzes Jahrzehnt lang Baiser in all seinen Spielarten. Damit allerdings, fand Alyson, hatte sie unrecht.

»Du machst doch nicht gerade Diät, oder? Ich habe einen Nachtisch vorbereitet. Mascarpone, Amaretti, Brandy und Sahne. Köstlich, Alyson!«

Sollte ich Diät machen? »Klingt so, als müßte ich morgen damit anfangen.«

»Deine Bluse ist hübsch«, sagt Louise und drückt die Messerschneide fest auf eine riesige Knoblauchzehe. »Diese hübschen Schnörkel und die gedämpften Farben! Ist das Batik?« Sie kommentiert immer die Kleidung anderer Leute, obwohl sie meistens immer noch die gleichen Hosen und Hemden trägt, die ihre Schlankheit betonten, die sie als Studentin trug, und die ihr immer noch gut stehen. Natürlich ist die Bluse jetzt aus Seide und sie besitzt ein streng geschnittenes schwarzes Jackett dazu. Wenn sie früher, vor langer Zeit, miteinander einkaufen gegangen sind, hat Louise

Alyson immer ermutigt, sich kurze bedruckte Kleider mit Rüschen zu kaufen und schulmeisterliche Brillengestelle aus Draht. Wenn ich heute solche tragen würde, denkt Alyson, würde ich ... na ja, schulmeisterlich aussehen. Damals sahen sie niedlich aus. Aber Louise war nie niedlich. Sie sah immer schon so aus wie jetzt. Kühl, ruhig, kontrolliert. Ganz anders als ich. Auch ihre Haare. Ihres fällt fein und glatt bis zu einer bestimmten Länge zwischen Kinn und Schulter herunter. Sie hat nie eine Dauerwelle gehabt, sie hat nie Plastikohrringe getragen.

Wie kommt es bloß, daß zwei so unterschiedliche Frauen schon so lange befreundet sind? Vielleicht liegt es daran, *daß* wir so völlig unterschiedlich sind. Ich rivalisiere in keiner Beziehung mit ihr. Selbst Toby – sie kann nicht anders als vorsichtig sein, sie kann es sich nicht leisten, ihre Maske in der Beziehung fallen zu lassen, aber sie hat wahrscheinlich oft genug andere Waffen als nur ihre Kühle gegen Frauen einsetzen müssen, die sich ernsthaft an ihn herangemacht haben. Junge Anwältinnen, sexy in ihren Roben und Perücken, witzig und hungrig. Das müssen Qualen sein. Bei mir kann sie auch indiskret sein, und ich könnte deswegen trotzdem ihrer Karriere und auch sonst nicht schaden. Sie kann mir helfen, wenn ich es nötig habe, weil sie weiß, daß nichts, was ich für sie tun kann, sich je damit vergleichen läßt. Also brauche ich ihre Hilfe gar nicht erst zu erwidern, mich nicht um Ausgleich bemühen. Das gleiche gilt für alle Essen, zu denen ich in ihrem Haus eingeladen war. Das Muster ist vor langer Zeit festgelegt worden, und keine von uns wird es wahrscheinlich je durchbrechen.

»Ist es Batik?« wiederholt Louise und schabt den Knoblauch in die Pfanne.

»Oh, tut mir leid, das riecht köstlich. Nein, ich glaube nicht. Ich habe sie einfach angezogen. Ich bin versucht, sie jeden Tag in der Schule zu tragen, es ist so angenehm, ich ziehe sie einfach drüber.«

»Wie läuft's in der Schule?«

»Genauso schrecklich wie immer. Und wie läuft's ... bei deinem Job?« Man kann nicht sagen, wie läuft's in der Universität, es klingt irgendwie nicht richtig.

»Oh, mir geht's ganz gut. Du kennst doch Martin Japp, nein, du kannst dich bestimmt nicht erinnern, du hast ihn hier einmal kennengelernt, so ein Schwächling ..., na ja, auf jeden Fall hat er geheiratet. Wir haben diese Reihen zusammen herausgegeben, und ich sag dir, der Mann kommt nicht in die Gänge. Was glaubst du, wer die ganze Drecksarbeit gemacht hat? Die ganzen Fahnenkorrekturen? Er erzählt mir dauernd was über seine Verpflichtungen zu Hause. Wie beschäftigt seine Frau ist, sie ist irgendwie Zahnärztin, Kieferorthopädin, was weiß ich, es interessiert mich auch nicht. Daß er jeden Morgen das Kind in den Kindergarten bringen muß, daß er mehr Zeit für seine Familie braucht. Stell dir bloß mal vor, wenn ich ... als Tom noch klein war, und Toby die ganze Nacht über seine Plädoyers vorbereitet hat, und ich habe mein Chaucer-begegnet-Boccaccio-Buch zu Ende geschrieben, denk bloß mal daran, und ich war auch noch in einem halben Dutzend Ausschüssen ..., wenn ich damals auch nur einen Mucks von mir gegeben hätte ... du weißt ja, was sie gesagt hätten! Und jetzt erklärt mir dieser kleine Scheißer ...« Sie senkt die Stimme. »Da ist Tom, er kommt aus dem Unterricht. Du hast doch, als du ihn getroffen hast, nichts darüber gesagt, wie groß er geworden ist? Laß es besser. Sie hassen das.«

Alyson nimmt eine Olive aus der Schüssel, die Louise vor sie auf die Theke gestellt hat. Bei Louise gibt es immer diese wundervollen dicken Oliven aus dem griechischen Delikatessenladen, glänzend vor Öl und Lake ... aus einem ganz bestimmten Faß. Aus den Augenwinkeln sieht sie durch den Türbogen, wie Tom einen seltsam geformten Behälter an einen Stuhl lehnt. Sie versteckt den Kern in der Hand.

»Hast du Griselda gesehen, als du von der Bushaltestelle gekommen bist?« ruft Louise.

»Nein«, antwortet er.

»Sie ist spät dran.«

»Sie kommt doch immer so spät, also ist sie gar nicht *wirklich* spät dran.«

Louise schnalzt stirnrunzelnd mit der Zunge und wendet sich wieder ihrer Sauce zu.

»Hallo, Aly.«

»Sie ist *doch* spät dran«, murrt Louise.

»Karate«, erklärt er. »Sie kann zwar noch keine Steinblöcke spalten, aber sie arbeitet dran.« Zu Louise sagt er: »Wenn du willst, gehe ich ihr entgegen.«

Sie hören die Haustür knallen. »Da ist sie, du brauchst also nicht die Polizei und alle Krankenhäuser anzurufen«, sagt er. »Das hat sie nämlich schon mal getan, weißt du.«

»Ich weiß.«

Griselda ist eine kleinere, kompaktere und athletischere Ausgabe von Louise. Ihre Haare sind ganz kurz geschnitten, sie trägt mehrere Ohrringe und schwarze hochgeschnürte Turnschuhe. Im Türbogen fällt sie Toby um den Hals, der aus seinem Arbeitszimmer gekommen ist.

»Ich habe es nicht gern, wenn sie so spät nach Hause kommt, Toby«, sagt Louise.

»Mir tut schon keiner was, Mum. Es liegt an meiner Art zu gehen, das hält sie ab.«

»Genau diese Einstellung macht mir Sorgen«, schnappt Louise. Dann: »Schatz, Alyson ist hier.«

»Ich hab's gesehen.«

Sie erhebt sich halb von ihrem Hocker, um sich von Toby küssen zu lassen. »Rosig und hübsch wie immer«, murmelt er so leise, daß nur sie es hören kann. Er beherrscht dieses verführerische Flüstern genauso gut, wie er im Gerichtssaal schnurren oder donnern oder im Ankleidezimmer schallend lachen kann.

Louise, die mit beiden Händen beschäftigt ist, hält ihm die Wange hin. »Wie findest du seine Haare?«

»Sieht großartig aus.« Dicht und wellig kräuseln sie sich über seinen Kragen, und sie sind plötzlich ganz silbergrau geworden.

»Findest du nicht, daß er wie Richard Gere aussieht?«

»Absolut.« Als ob die Distanz nie gewesen wäre.

»Richard Gere ist *alt*«, sagt Griselda.

Tom nimmt sich eine Olive, holt einen Teller für die Kerne und schiebt ihn ihr hin. Sie läßt den Kern verstohlen aus ihrer Handfläche fallen und reibt sich die Hände. Er gießt sich ein Glas Wein ein.

»Nur eins vor dem Abendessen«, sagt Louise, ohne sich umzublicken.

Einmal, als sie in ihrem alten Haus vor dem Fenster standen, mit den Händen in den Hosentaschen, und den Kindern zusahen, die in dem Sandkasten, den Toby für sie gebaut hatte, spielten, sagte Louise plötzlich: »Ich möchte, daß sie eine gute Einstellung zu sich haben. Eine natürliche. Sie sollen nicht daran arbeiten müssen, so wie ich.« Die Erinnerung daran überrascht sie immer noch. Louise war damals bereits Privatdozentin und stand kurz davor, eine der jüngsten ordentlichen Professorinnen im Fachbereich zu werden. Nie hatte ihr jemals etwas Probleme bereitet, am wenigsten Zweifel. Allerdings arbeitet sie so hart an allem, was sie anfaßt, daß sie vielleicht auch das Gefühl hat, hart an sich selbst arbeiten zu müssen. Die Kinder jedenfalls denken gut von sich. Beim Abendessen ist Griselda manchmal nahe an der Grenze zur Aufsässigkeit, aber falls Tom jemals diese Phase durchgemacht hat, muß es während ihrer distanzierten Zeit gewesen sein. Jetzt hat er nur seine eigene Meinung.

»Bist du schon mal in Italien gewesen, Aly?«

»Vor langer Zeit.«

»Tom hat sich in Italien verliebt«, sagt Toby. »Wir waren in den letzten Ferien da. Haben ein Wohnmobil gemietet. Wir haben getan, was wir schon seit Jahren tun wollten, und sind in die mittelalterliche Stadt gefahren, aus der mein Großvater stammt.«

»Wo ist das?«

»Ein winziger Ort in den Abruzzen. Wir haben ein paar Verwandte kennengelernt, die vor Jahren in Melbourne gelebt haben.«

Griselda ruft dazwischen: »Sie hatten einen australischen Akzent, und sprachen einen Dialekt, den wir noch nie gehört hatten!«

»Zeitverschiebung«, sagt Toby. »Noch etwas Wein, Aly?«

»Da gibt es eine Schloßruine.«

»Wenn er im Führer eine Ruine entdeckt, müssen wir da unbedingt hinfahren. Er klettert stundenlang darin herum, bevor es endlich weitergehen kann.«

»Es ist sehr interessant, das Fundament, und dann die bloßen Mauern. Man kann deutlich sehen, wie sie übers Bauen gedacht haben.«

»Er möchte immer noch Architekt werden.«

»Es sei denn, er wird Musiker«, wirft Louise ein.

»Ich werde nicht Musik studieren.«

»Als ob es nicht schon genug arbeitslose Architekten gäbe.«

»Es gibt auch jede Menge arbeitslose Musiker«, erwidert er. »Sieh mal, ich bin nicht schlecht, ich mache gerne Musik, aber ich werde nie so gut sein, wie du denkst. Und sag nicht, daß ich ja auch unterrichten kann, dazu habe ich keine Lust. Ich bin ein Praktiker.«

Das muß die Variation eines Dialogs sein, den sie schon einmal geführt haben. Er erklärt seine Position, und es klingt so, als sei er darauf vorbereitet, das so oft wie möglich zu tun. Sie beneidet ihn. Ihr kommt es so vor, daß sie, als sie in seinem Alter war, keineswegs derart genau wußte, was sie wollte.

»In Ordnung, Kumpel«, sagt Toby. »In Ordnung, Louise. Lassen wir das Thema für heute fallen.« Er beugt sich vor, mit der Flasche in der Hand. »Alyson, hörst du noch was von Eric?«

»Von Eric? Warum sollte ich?«

»Ich habe ihn vor ein paar Tagen auf der Phillip Street getroffen. Er hat mir erzählt, daß er wieder geheiratet hat. Sie muß um die zwanzig sein. Sie arbeitet für Max, du weißt doch, Max, das Transportunternehmen.«

»Wie schön für ihn. Schön für sie.«

»Er sieht gut aus«, sagt Toby, nicht unbedingt in aller Unschuld.

Für den Bruchteil einer Sekunde sieht Louise Alyson an. »Dann gibt es keine Gerechtigkeit«, sagt Louise. »Denn wenn es die gäbe, würde er in der Hölle braten, und die Teufel würden ihm ihre Dreizacke in den Arsch bohren.«

Sie ist eine der wenigen, die Bescheid weiß, denkt Alyson. Sie hat meine blauen Flecken schon gesehen, als ich sie noch abgestritten habe. Sie hat sich nicht täuschen lassen. Sie war damals wütend, und sie ist es selbst jetzt noch, wo ich der Wut schon überdrüssig geworden bin.

Tränen treten ihr in die Augen. Toby sagt auch nichts mehr, als ob er sich schämen würde, aber wer weiß das schon?

Griselda springt auf. »Ich muß noch meinen Aufsatz schreiben.«

»Bring ihn herunter, und ich sehe ihn für dich durch.«

»Hände weg, Mum«, sagt Tom ruhig. »Laß sie das allein machen.«

Louise wirft ihm einen unergründlichen Blick zu.

»Ich kann das schon. Es dauert nur ein bißchen länger, das ist alles.« Sie hören, wie sie die Treppe hinaufpoltert.

»Sie konnte noch nie einfach irgendwohin *gehen*.« Louise gibt wahrhaftig nach! »Mach uns Kaffee, Toby. Ich wollte Alyson meine Pelargonien zeigen.«

Ein Ritual. Louise beherrscht mehrere Sprachen und kann die Melodien ganzer Opern auswendig, aber wenn es ein Gegenteil zum grünen Daumen gibt, dann hat sie es. Allerdings ist es eine ihrer klügsten Angewohnheiten, anderen Leuten ihre Spezialbereiche zu lassen und diese auch zu würdigen, da sie weiß, daß es sie glücklich macht.

Alyson folgt ihr auf die breite Veranda. Durch die Bäume sieht man die Lichter des Hafens und man spürt die teure, kühle Brise.

Louise lehnt sich an die Brüstung, zieht eine Schachtel Zigaretten und ein Feuerzeug aus ihrer Brusttasche. »Sie erlauben mir nicht mehr, drinnen zu rauchen«, sagt sie. »Die reinste Zigarettenpolizei, und das in meinem eigenen Haus. Merkst du, wie ich behandelt werde? Kinder können so verdammt selbstgerecht sein.«

Alyson hockt sich neben den Topf und hebt mit dem Zeigefinger vorsichtig ein Blatt an.

»Sie sind eben eigenständige Persönlichkeiten.«

»Das wollte ich ja auch. Aber Tom ... er hat sich so verändert. Seitdem wir in Italien waren, geht er nirgendwo mehr mit uns hin. Er ist nicht eigentlich aufsässig, ich habe nur das Gefühl, er entwickelt ein inneres Leben, von dem wir nichts wissen. Auf unserem Weg geht er nur, wenn er sich zufällig mit seinem kreuzt. Und ansonsten kannst du es vergessen.«

Das Blatt ist gelb in dem Licht, das aus dem Eßzimmer scheint. »War er nicht immer schon so?« War er nicht immer schon zurückhaltend, trotz all seiner Niedlichkeit, und eine Spur unnachgiebig, so wie sie selbst?

»Jetzt mehr denn je!« Der Wind läßt Louises Zigarette aufglimmen. »Und er ist so groß! Du mußt dich auseinandersetzen mit deinem ...« Sie schweigt und zuckt dann mit den Schultern. »Mit deinem Alter. Ich meine, noch ein paar Jahre, und er kann mich zur Großmutter machen.«

»Oder auch nicht.«

»Ach, hör auf! Du kannst mit ihnen über Kondome reden, bis die Kühe von der Weide kommen.«

»Ich glaube, du versorgst sie zu gut.«

»Woher weißt du das?«

»Sieh, wie sie die Blätter hängen lassen.«

»Ich habe ihnen ein paar von den Vitaminpillen gegeben.«

»Die hier brauchen nicht so viel. Gib ihnen auch nicht zu oft Wasser. Sie haben es lieber trocken.«

Toms Schatten zeichnet sich in der Tür ab. In der Hand hält er ein Marmeladenbrot. »Da ist es«, sagt er.

Hoch oben im Gummibaum am Haus ist ein Opossum. Als es das Brot sieht, klettert es vorsichtig auf einen niedrigeren Ast. Es blickt sich prüfend im Garten um und springt dann auf die Brüstung.

»Du solltest es nicht von dir abhängig machen, Tom«, sagt Louise.

»Deshalb gebe ich ihm ja auch nicht jeden Abend etwas. Es ist nur ein besonderer Leckerbissen.« Er hält dem Opossum die Scheibe Brot hin, und es ergreift sie mit beiden Pfoten. Sie beobachten, wie es an der Kruste knabbert. Seine großen Augen huschen von Gesicht zu Gesicht, und seine rosa Nase zuckt. »Sie mag Erdbeermarmelade lieber als Pflaumen.«

»Bist du sicher, daß es eine ›Sie‹ ist?« fragt Alyson.

»Sie ist immer mit einem Baby auf dem Rücken heruntergekommen. Und ich weiß, daß es ihres ist. Siehst du das zerfetzte Ohr? Sie kann offenbar gut auf sich aufpassen.«

»Ich wünsche, das könnte ich von dir auch denken«, sagt Louise und streckt langsam, um das Tier nicht zu erschrecken, die Hand aus, um ihm das Haar aus der Stirn zu streichen. Er gehört nicht zu den weichgesichtigen Jungen mit vollen Lippen. Stirn, Nase und Kinn sind äußerst symmetrisch. Zarte Haut. Nichts sonst. Er neigt leicht den Kopf. Es ist ihm nicht peinlich, aber er schenkt der Geste auch keine besondere Aufmerksamkeit, sondern hat seine Augen fest auf das Tierchen gerichtet.

Das Opossum verzehrt das Brot und leckt sich gerade sorgfältig die Marmelade von den Pfoten, als nebenan ein Hund bellt. Sofort springt es auf. Fast fliegend verschwindet es im Gebüsch. Bruchteile von Sekunden später hört man es im Unterholz krachen, als es landet.

»Laßt uns hineingehen«, sagt Louise. »Tom kann uns etwas vorspielen. Er ist wirklich gut, weißt du.«

Er sagt nichts, aber als die beiden Frauen, in ihre Unterhaltung vertieft, in das hellerleuchtete Zimmer kommen, ist er weg, und seine Laute auch.

Er ist wieder im Zug. Er begrüßt sie mit einem Nicken, und als seine Freunde aussteigen, setzt er sich zu ihr, als sei das die natürlichste Sache von der Welt. »Ich habe auf dich gewartet«, sagt er. »Jetzt weiß ich, daß du freitags immer diesen Zug nimmst.«

Sie markiert die Stelle in dem Buch, das sie gerade liest. »Manchmal fahre ich mit dem Auto. Es kommt immer darauf an, wie ich mich gerade fühle oder was ich zu tun habe.«

»Versteh' ich. Aber da du jetzt hier bist, können wir uns unterhalten.« Er nimmt ihr das Buch aus der Hand, um den Titel zu lesen. Von dem Dolch auf dem Umschlag tropft Blut.

»Es ist nicht so schlimm, wie es aussieht«, sagt sie defensiv, und kommt sich dabei selbst lächerlich vor.

»Du kannst jederzeit sagen, es sei subversiv oder transgressiv.«

»Du hast ein paar Sachen aufgeschnappt, was?«

»Hier und da.« Er gibt ihr das Buch zurück. Seine Hemdsärmel hat er bis zum Ellbogen aufgerollt, und seine Unterarme sind von feinen, dunkelblonden Härchen bedeckt. Hübsch, denkt sie. »Hast du dich gewundert, daß ich neulich abends nicht gespielt habe?«

»Nein. Ich habe einfach angenommen, daß dir nicht danach war.«

»War's mir auch nicht. Nicht so, zum Vorführen.« Dann sagt er, nach einer kaum merklichen Pause. »Für dich hätte ich gespielt.«

Eine kleine Alarmglocke schrillt irgendwo in ihrem Kopf. Sie blickt ihn rasch an, befürchtet halb, die vielsagende Intensität einer beginnenden Verliebtheit in seinen Augen zu sehen. Das wäre nicht wirklich ein Problem, aber auch nicht unbedingt nötig. Er sieht sie direkt an. Seine Augen sind nicht fast blau, wie sie gedacht hat, sondern grau und völlig arglos. Irgendwie ist das nicht besonders beruhigend. »Ich würde dich irgendwann gerne mal spielen hören, aber ich verstehe nicht viel von dieser Art von Musik«, sagt sie.

»Das brauchst du auch nicht. Du wirst schon sehen.«

Sie bräuchte am nächsten Freitag nur mit dem Auto zu fahren. Oder einen anderen Zug zu nehmen. Einen früheren oder späteren, ganz egal. Aber sie tut nichts dergleichen. Sie nimmt den gleichen Zug und setzt sich in den gleichen Waggon.

Er erzählt ihr von berühmten Architekten. Von Brunelleschi oder Bernini hat sie schon einmal gehört. Aber es gibt auch neuere, wie Mario Botta oder Carlo Scarpa. Alles Italiener. »Ich mag auch ein paar von den Japanern«, sagt er. »Kennst du Isozaki?«

Sie schüttelt den Kopf. Wenn überhaupt, dann stellt sie sich alle Architekten so vor wie seinen Patenonkel, einen Egozentriker, der von großartigen Gebäuden redet, aber das ist es dann auch schon. »Würdest du gerne mit Oliver zusammenarbeiten?«

»Eigentlich nicht«, sagt er. »Oliver ist ein reiner Modernist.«

Das klingt nicht besonders erstrebenswert. »Ich liebe das Opernhaus«, versucht sie. »Aber natürlich tun das alle anderen auch. Wahrscheinlich wäre es origineller, es zu hassen.«

»Wen kümmert das schon. Es ist ein Gebäude, das man lieben kann! Ich habe es schon als Kind geliebt. Wir sind da immer gesegelt, kannst du dich noch an Dads

Boot erinnern? So nahe wie möglich heransegeln, das ist ein tolles Gefühl!«

»Einmal«, sagt sie, »waren wir in der Pause in der Bar mit dem Blick aufs Wasser, und da fuhr gerade ein großes Kreuzschiff aus dem Hafen. Es war ganz erleuchtet, wie eine Mauer aus Licht, und es fuhr so nahe an uns vorbei, daß man das Gefühl hatte, man bräuchte nur die Hand auszustrecken und könnte es berühren! In diesem Moment einfach nur da zu sein, das war ...«

»Wer ist wir?«

»Das war in der Zeit, als ich noch mit meinem Mann, Eric, zusammenwar. Du hast wahrscheinlich ...«

»Ich konnte ihn nie leiden«, sagt er. »Er war ein Scheißkerl.«

»Aber du warst doch erst ...«

»Ja. Aber einen Scheißkerl konnte ich immer schon erkennen.«

»Er hatte ein ...« Du kannst einem Kind nichts davon erzählen, aber schließlich wartet er auf das Ende des Satzes. »Ein ziemlich aufbrausendes Temperament.«

»Das kann ich mir lebhaft vorstellen.« Er hat schon seine eigenen Schlüsse gezogen.

Als sie an ihrer Haltestelle ankommen, begleitet er sie wieder zur Tür. Sie geht rasch den Bahnsteig entlang, und als der Zug weiterfährt, sieht sie ihn als verschwommenen weißen Fleck da stehen.

Sie sollte freitags wirklich besser mit dem Auto fahren.

Keiner von ihnen verpaßt je den Zug. Immer der gleiche Waggon. Zuerst das Nicken, dann das Warten, bis er sich neben sie setzt. Einmal kam eine stämmige Frau, beladen mit Einkaufstüten, und setzte sich neben sie auf seinen Platz. Alyson mußte über sie hinweg klettern und sich einen neuen Platz suchen. Dann sah sie, wie er nach ihr suchte und dachte, sie sei nicht da, bis er sie schließlich erblickte ... und wie sein Gesicht sich aufhellte. Und sie erkannte, zu spät, daß ihr Gesichtausdruck seinen widerspiegelte.

Danach konnte sie nicht mehr so tun, als spiele es keine Rolle. Es spielte eine Rolle. Nun ja, warum auch nicht? Sie hat eigentlich nie daran gedacht, sich mit einem Kind anzufreunden, nicht nach all diesen Jahren. Wenn man es zusammenrechnete, wie viele Kinder hat sie kennengelernt? Es müssen um die tausend sein. Und mit keinem war sie befreundet. Aber das hier ist eher ein besonderer Umstand.

An diesem Freitag verabschiedet sie sich gerade. Er steht da, wo er immer steht, und gerade wollen die Türen sich schließen, gerade will sich der Zug wieder in Bewegung setzen, als ein alter Mann ihn mit den Worten »Laß mich vorbei!« anrempelt.

»Nicht!« schreit sie.

»Passen Sie auf!« schreit Tom im selben Moment.

Aber da ist der alte Mann schon ausgerutscht und droht in den Spalt zwischen Bahnsteig und Zug zu fallen. Toms langer Arm schießt vor und sein Körper folgt, und irgendwie werden sie beide vorwärts gedrückt, der kleinere Mann stolpert, sein Sturz wird verhindert, und Tom liegt auf dem Bahnsteig, zu ihren Füßen, halb unter ihm.

Der Zug hält ruckend an, die Türen haben sich bereits wieder geöffnet, und der Schaffner kommt auf sie zugerannt. »Was ist passiert, Kumpel?«

Tom blickt außer Atem zu ihm auf, kann aber nicht sprechen. Er rollt sich weg und löst sich von dem Opfer, das jammert: »Was soll das eigentlich?«

»Geht es ihm gut?« Der Schaffner ist ein Sikh, und sein Gesicht unter dem Turban ist aschfahl.

»Du Idiot! Du hättest mich umbringen können!«

»Er hat Ihnen das Leben gerettet, Sie blöder alter … Sie blöder alter ich-weiß-nicht-was!« schreit sie.

Tom setzt sich auf. Ihn scheint das alles eher zu erheitern. Er und der Schaffner ziehen den alten Mann auf die Füße, klopfen ihm den Staub ab und betasten seine Knochen.

»Das gibt's nichts zu lachen«, murrt er.

Ein besorgtes Gesicht, verschwommen in der Entfernung, späht aus dem Fenster des Führerhäuschens. Neugierige Passagiere drängen sich an den Türen. Ein paar Leute scharen sich auf dem Bahnsteig um sie. Einer hebt Toms Tasche auf, steckt ein paar Bücher, die herausgefallen sind, wieder hinein, und reicht sie Alyson. Sie drückt sie an die Brust.

»Ich rufe einen Krankenwagen«, sagt der Schaffner. »Und die Polizei.«

»Ich habe doch nichts gebrochen! Ich brauche keinen Krankenwagen!«

»Vorschriften, Kumpel!« Der Schaffner befindet sich jetzt auf sicherem Boden.

Als endlich alles vorbei ist, hat sie aufgehört zu zittern. Der Krankenwagen ist weg, der Zug ist weg, die Polizisten haben ein Protokoll aufgenommen, Tom kurz auf die Schulter geklopft und sind auch gegangen.

»Sieht so aus, als hättest du deinen Yogakurs verpaßt.«

»Allzu entspannend war das hier gerade nicht.« Sie weiß, daß ihr Lächeln kläglich wirkt.

»Das ist eine ganz normale Reaktion«, sagt er freundlich. »Ich bringe dich nach Hause.«

»Nein, das wirst du nicht tun! Du gehst nach Hause.«

Das klingt nachdrücklich. »Sie werden sich Sorgen machen, wenn du zu spät kommst.«

»Es ist keiner da. Sieh mal«, sagt er, »ich bin auch ein bißchen durcheinander. Es ist doch nicht weit, oder? Du könntest mir was zu trinken anbieten.«

Sie blickt ihn an. Er sieht wirklich ziemlich blaß aus. »Ich glaube, wir könnten beide was zu trinken gebrauchen«, entgegnet sie zweifelnd.

In ihrer Wohnung bekommt er rasch wieder Farbe. Als sie mit einer Flasche, einem Korkenzieher und zwei Gläsern aus der Küche kommt, steht er am Kamin, der allerdings kein echter, funktionierender Kamin mehr ist, sondern lediglich eine angenehme Reminiszenz an diese alten Räume.

»Laß mich die Flasche aufmachen.«

Sie erlaubt es ihm und widersteht der Versuchung, dasselbe zu sagen wie seine Mutter: Für dich nur ein Glas.

»Salute«, sagt er.

»Du warst toll«, antwortet sie und sieht, wie er errötet.

Sie setzt sich auf die Sofakante.

Er bleibt da stehen, wo er ist. Sein Arm, mit dem Glas in der Hand, ist lässig auf das Kaminsims aufgestützt. Ob er weiß, wie anmutig er wirkt? Er sieht sie an und lächelt.

Jetzt ist es an ihr zu fragen: »Warum lächelst du?«

»Und du warst ulkig«, sagt er. »›Sie blöder alter ich-weiß-nicht-was‹! Es war nett von dir, den armen alten Kerl nicht anzufluchen.«

Hinter ihm auf dem Kaminsims steht ein Topf mit Engelsflügeln, riesig und blaß und mit zarten grünen Adern, worauf sie sehr stolz ist. Die Pflanze ist anspruchsvoll, sie wird zu grün, wenn sie nicht das richtige Quantum an Licht bekommt. Und ein Sammelsurium von Bildern. Ein sorgfältiges Sammelsurium. So hat sie es gerne. Die botanische Zeichnung einer Tomatenpflanze, die sie bei einem Trödler am Highway gefunden hat. Ein Redouté-Druck, *Rosa Centifolia,* von ihrem Vater, dem Rosenzüchter. Gerahmte Postkarten. Eine Teilzeichnung, eine Eidechse, von einem Aborigine-Holzbild. Direkt neben seiner Hand steht ihr Lieblingsteil aus ihrer Zeit in London, aus den endlosen Stunden, in denen sie in den Museen hoffnungsvoll von Raum zu Raum gegangen ist, und darauf gewartet hat, daß ihr Blick auf ein Objekt fiele, das, und wenn auch nur für einen Augenblick, ihre Gedanken von ihrem Schicksal ablenken würde. Sie suchte Trost und fand ihn eines regnerischen Tages in diesem Stück. Es ist eine elisabethanische Miniatur: Junger Mann vor Flammen. Ein junger Mann in weißem Hemd. Ein Ohrring mit Diamanten. Und der Rest des kleinen Ovals wird von unerklärlichen Flammen ausgefüllt.

Sie hebt die Augen zu seinem Gesicht.

»Er hat mir einen Gefallen getan«, sagt er. »Ich bin hier.«

Sie trinkt ihren Wein mit einem einzigen Schluck aus, steht auf, nimmt sein leeres Glas und geht mit den Gläsern in der Hand zur Küche. »Du mußt jetzt nach Hause«, sagt sie leichthin.

Sie stellt gerade die Gläser in die Spüle, als sie spürt, daß er dicht hinter ihr steht. Ein Glas fällt ihr aus der Hand, sie dreht sich um. Ihr Gesicht ist ganz nah an seinem Brustkorb. Sein Shirt ist staubverschmiert, aber sie kann frischgewaschene, weiße Baumwolle riechen. Ein neues Shirt. Er verbraucht wahrscheinlich eine ganze Menge. Wächst schnell heraus. Sie kann die Wärme seiner Haut durch das Shirt spüren. Sein Brustkorb hebt und senkt sich zu schnell. Sie kann seinen Atem hören, es ist das einzige Geräusch im Zimmer.

»Aly«, sagt er, »laß mich dich küssen.«

Jesus! »Nein! Nein, Tom!«

»Bitte.«

»Nein! Hör auf damit! Sofort!« Eindeutig die Stimme der Lehrerin, nicht ihre eigene. Doch, ihre eigene.

Er weicht unsicher zurück, wendet aber seinen Blick nicht von ihrem Gesicht ab. Er will wissen, ob sie es ernst meint. »Ich meine es ernst«, sagt sie. Seine Augen sind nicht grau, sie sind doch blau. Er streckt die Hände nach ihr aus, dieses Mal nicht rasch, aber auch nicht zögernd, und ergreift sie an beiden Armen. Seine Arme sind schlank, aber sehr hart. Sie erinnert sich an die harten Muskeln von den Jungen in ihrer Jugend. Es raubt ihr den Atem.

Er tut gar nichts. Er steht einfach nur da und hält sie fest. Es kann nicht dauern. Sie hat keine Angst vor ihm, nein, das bestimmt nicht. Aber wenn ihr nicht etwas einfällt, jetzt, wo er etwas Dummes zu tun versucht, wird es schlimmer werden. Sie überlegt, und dann fällt ihr ein, daß es wirklich komisch ist! Auch sein Vater hat immer in der Küche seine Vorstöße unternommen!

Lachen wird etwas nützen.

Er geht aus dem Zimmer. Mit dem Ellbogen streift er ihren Kaffeebecher, und er fällt zu Boden, wo er sich in seine Einzelteile auflöst und lärmend wegrollt, aber er bemerkt es anscheinend nicht.

Er ist schon an der Haustür, als sie ihn endlich einholt.

»Tom! Bitte!« Jetzt sagt sie es.

Die Verletztheit in seinem Gesicht ist unerträglich. Das hat er nicht verdient. Er wollte sie doch nur küssen, er wollte ihr nichts Böses tun. Verlegen versucht er, sie wegzuschieben, aber sie nimmt seinen Kopf in ihre Hände. O Gott, was für ein Fehler. Der größte, den sie jemals gemacht hat.

Es ist nur ein Kuß. Aber es ist der Kuß, von dem sie am meisten von allen Küssen, die sie je bekommen hat, nicht will, daß er jemals endet.

Und es ist noch mehr, natürlich. Was hat sie erwartet? Daß er eine Erektion hat, erfüllt sie mit blinder Panik. Entschlossen schiebt sie ihn weg.

Jetzt atmen sie beide laut, und zwischen ihnen ist nur eine Türbreite.

»Geh nach Hause!«

»Nein.«

Sie streckt ihre Hand aus, nicht um ihn zu berühren, sondern um ihn zu warnen, daß er nicht näher kommen soll. »Oh, Tom, bitte geh nach Hause.« Und zu ihrer eigenen Verblüffung fängt sie an zu weinen.

Er gibt einen Laut von sich und tritt auf sie zu, als wolle er sie in die Arme nehmen und trösten, aber sie schüttelt heftig den Kopf. Es ist doch klar, wohin Trost führt.

Sie weiß auch nicht besser als er, was sie als nächstes tun sollen.

Endlich sagt er: »Würdest du ... wenn ich älter wäre?«

Sie bringt nur heraus: »Kannst du dir das nicht vorstellen?«

Die Worte haben eine unglaubliche Wirkung auf ihn. Er strahlt vor Glück. »Dann ist ja alles in Ordnung! Aber warum dann nicht jetzt, Aly?«

»Du weißt warum.«

»Aber ich habe mir schon alles überlegt«, sagt er.

Jetzt muß sie wirklich lachen. Offenbar ändert sich

ihre Stimmung genauso rasch wie seine. »Oh, tatsächlich?«

»Ja. Weißt du«, sagt er eifrig, »ich bin minderjährig und so. Das stimmt. Aber wer würde es schon erfahren? Und was ist daran falsch? Du hast ja nichts gemacht. Ich war es doch.«

»Ich habe auch was gemacht. Ich habe mich mit dir getroffen. Jeden Freitag, oder etwa nicht?«

»Wußtest du es denn?«

»Ich glaube schon. Ich muß es gewußt haben. Nicht!«

Er bleibt stehen. Er atmet immer noch schwer, aber er argumentiert logisch. »Du bist ja schließlich nicht meine Lehrerin. Also kann man auch nicht von Machtmißbrauch sprechen. Verstehst du?« Wie die Kinder diese Wörter lieben. Machtmißbrauch. Das ist doch was!

»Es ist nicht legal«, erwidert sie gepreßt. Sie hat das Gefühl, nicht mehr stehen bleiben zu können, wenn sie sich nicht gegen den Türrahmen lehnt. Aber es ist zumindest einfach zu sagen. »Das ist das einzige, was zählt.«

Er will nicht aufgeben. »Du würdest mir nicht meine Jungfräulichkeit nehmen«, sagt er. »Ich habe es schon mal getan. Jedenfalls beinahe«, fügt er aufrichtig hinzu.

Sie findet das so hinreißend, daß sie zugleich lachen und weinen muß.

»Aly, wein doch nicht! Das kann ich nicht ertragen. Nicht, wenn ich dich nicht ...«

»Nein, ich weine nicht mehr. Es tut mir leid.«

»Wer würde es denn schon erfahren?«

»Geh nach Hause. Geh bitte nach Hause.« Sie wendet ihr Gesicht ab. Nach einer Weile öffnet er die Tür. »Vergiß deine Sachen nicht.«

Sie hört, wie er durchs Zimmer geht, um seine Schultasche zu holen, und wie er wieder zurückkommt. Dann ist er weg.

Sie gleitet zu Boden und bleibt dort mit dem Kopf auf den Knien sitzen. Als sie wieder aufsteht, fühlt sie sich ganz steif und ungefähr eine Million Jahre alt. Und ein Gedanke kreist unablässig durch ihren Kopf und löscht alles andere aus: Von allen schrecklichen Fehlern in ihrem Leben ist dies der größte.

3

Zuerst erwartet sie, von Louise zu hören. Sie ist gewappnet, vom Unfall zu erzählen, Tom zu loben, seine rasche Reaktion, seine Reflexe, und sogar das Glas Wein zu erwähnen, bevor sie ihn nach Hause geschickt hat. Daran ist nichts Schlimmes. Aber der Anruf kommt nicht. Er hat offensichtlich kein Wort erzählt. Aber was, wenn die Polizei aus irgendeinem Grund noch einmal Kontakt zu ihm aufnimmt? Was ist zum Beispiel, wenn der alte Mann einen Herzanfall bekommen hat, und sie brauchen von ihm die Bestätigung dessen, was passiert ist? Oder wenn er sich bei Tom bedanken will, und ... nein, das ist unwahrscheinlich. Was ist, wenn er sich in den Kopf setzt, die Eisenbahngesellschaft anzuzeigen, und Zeugen braucht? Und dann kommt es heraus, und sie hat nichts erzählt? Was dann? Soll sie es tun? Nein. Sie wartet. Nichts passiert.

Es ist so, als ob gar nichts geschehen wäre.

Sie kann es nicht glauben, daß dieses Gespräch überhaupt stattgefunden hat. Daß sie dort gestanden haben, keuchend, und er tatsächlich versucht hat, sie auf Armeslänge da hinein zu reden! Der Junge hat Nerven! Und sie hat in dieser lächerlichen Szene mitgespielt. Sie hat es zugelassen. Nein, es war nicht lächerlich. Es war süß. Das ist das richtige Wort. Süß. Nein, ist es nicht. Es war real. Und was sie zu ihm gesagt hat. *Was denkst du?* O Gott, das war auch real.

Jetzt versteht sie, warum Menschen, wenn man sie bei einem Fehlverhalten ertappt, sagen, »Ich weiß nicht, was über mich gekommen ist«. Sie weiß nicht, was über sie gekommen ist, und es ist demütigend, einem Klischee zu entsprechen. Aber er ist ein netter Junge, ein sensibler Junge, außer hinsichtlich der einen Sache, und er besitzt Zurückhaltung. Er wird auch seinen Freunden nichts davon erzählen. Da ist sie sich ziemlich sicher, und das ist Balsam für ihre Scham.

Am nächsten Freitag fährt sie mit dem Wagen. Sie betet, daß er klug genug ist, einen anderen Zug zu nehmen. Es tut weh, daran zu denken, daß er vielleicht nach ihr Ausschau hält. Nein, er würde es bestimmt wissen. Es muß ihm klar sein, daß sie nicht da sein konnte. Wirklich nicht konnte. Es tut immer noch weh.

Sie nimmt die Post, schiebt sie in eine der Mappen voller Aufsätze, die sie samt einer Milchtüte, einer weißen Papiertüte mit zwei Schokoladencroissants und der Fernsehzeitschrift in die Wohnung jongliert.

Sie macht sich eine Tasse Tee und legt eins der Croissants auf einen Teller. Schokolade enthält angeblich einen stimmungsaufhellenden chemischen Stoff. Wenn man genug davon ißt, zeigt das vielleicht die gleiche Wirkung wie Yoga, wozu sie im Moment keine rechte Lust hat.

Eine Nachricht von ihrer Mutter mit einem Zeitungsausschnitt von einer Orchideenschau. Die Telefonrechnung. Die gleiche Summe wie immer, fast bis auf den Pfennig genau. Und dann ist da noch ein schlichter weißer Umschlag, mit einer selbstbewußten runden Handschrift. Nichts Offizielles, aber auch niemand, den sie kennt. Kein Absender auf der Rückseite. Darin steckt eine ebenfalls schlichte weiße Karte. Schwarze Tinte. Vielleicht eine Einladung zu einem Ball?

Auf der Karte steht lediglich: *Ich fant diu lieb bei einer froun, ir vilschœn nam was Alisoun.*

Wie ist er darauf gekommen? Vielleicht ist Louise während einer Unterhaltung beim Abendessen aufgesprungen, weil sie irgendwas über Sprache herausstellen wollte, und hat dieses Gedicht hervorgeholt. So wie sie es immer tut, wie sie immer nach dem richtigen Buch greift, die richtige Seite aufschlägt und ein Beispiel findet, an das sich die Kinder leicht erinnern können. Mittelhochenglisch ist ihr Spezialgebiet, und sie läßt keine Gelegenheit aus, anderen darin etwas beizubringen. Er hat eine rasche Auffassungsgabe.

Es ist ein Liebesbrief. Sie steckt die Karte zurück in den Umschlag und legt ihn auf den Tisch. Dann nimmt sie den Umschlag wieder, öffnet ihn und liest die Worte noch einmal. Wie lange ist es schon her, seit sie so etwas bekommen hat? Das ist wirklich süß.

Aber das ist auch alles. Es gibt gar keinen Grund dafür, die Karte die ganze Nacht über unzählige Male wieder aus dem Umschlag herauszuholen und noch einmal zu lesen; oder sie schließlich in die Schublade ihres Nachtschränkchens zu legen, wo sie die Granatbrosche ihrer Urgroßmutter und andere persönliche Dinge aufbewahrt; oder die ganze Nacht wachzuliegen, bis es draußen hell wird. Niemals war ein Liebesbrief so gelungen.

Um fünf Uhr steht sie an diesem Morgen – und für eine lange Zeit jeden weiteren Morgen – auf, wäscht ihr Gesicht und geht hinaus in die taufeuchte Dämmerung. Obwohl sie es haßt, joggt sie zum Park an der Bucht hinunter und keucht, begleitet vom Krächzen der Elstern, den Hügel wieder hinauf, bis ihre Füße den ganzen Tag wehtun, und der Arzt sagt, es sei Überanstrengung. Danach fängt sie an, ins Schwimmbad zu fahren, sobald es aufmacht. Jeden Morgen sind dieselben Leute da, die Kinder, die in abgetrennten Bahnen ihr Schwimmtraining machen, der kahlköpfige Mann mit dem Körper eines Ringers und der behaarten Brust, die drahtige Siebzigjährige, die hervorragend im Brustschwimmen ist. Sie sind alle gute Schwimmer, und sie haben alle gute, gesunde Gründe, hier zu sein. Sie ermüdet leicht und dann dreht sie sich träge auf den Rücken und blickt zum heller werdenden Himmel auf, und es kümmert sie nicht im geringsten, ob sie nun fit wird oder nicht.

Gedichte sind der schwierigste Unterrichtsstoff. *Die wilden Schwäne von Coole* zum Beispiel. Neunundfünfzig Schwäne. Unermüdlich noch, Liebender um Liebender. In einem Aufsatz, der praktisch am Vorabend der Prüfungen eingereicht wurde, und nachdem sie immerhin das ganze Jahr darüber geredet hat, sind es auf einmal Enten. Das ist nicht das Gleiche, schreibt sie mit roter Tinte, aber in der Konferenz schmunzeln die anderen Englischlehrer darüber, sogar Bill. Manchmal können Kinder einen überraschen. Es ist Jahre her, aber es hat sich ihrem Gedächtnis fest eingeprägt, da kam einmal ein Junge zu ihr, ein Surfer, mit wasserstoffsuperoxydblonden Haaren und diesen großen Knubbeln an den Knöcheln, die sie bekommen, wenn das Brett dagegen schlägt, und sagte, ich lese gerne Donne, wenn ich bei einem Mädchen bin. Ich frage mich, bei meiner Treu, was du und ich taten, bevor wir uns liebten? Wahrscheinlich. Das war rührend. Sie strengt sich allerdings nicht mehr an, ihren Slang zu verstehen. Man braucht nicht alles zu verstehen. Auch die Jugend, golden und rein, muß dem Staub verfallen sein. Aus irgendwelchen Gründen mögen sie das.

Es gibt nur so viele schlimme Tage, wie man ertragen kann. Am Ende muß man wissen, wie man arbeitet, wie man Dinge vermittelt. Erkältungen im Kopf, Tode in der Familie. Das.

Es ist eigentlich keine besonders schlimme Schule. Verglichen mit der Schule, an der sie als Studentin ihr Praktikum gemacht hat, ist es sogar eine vorbildliche Institution. Das damals war eine Jungenschule, von der es zu jener Zeit noch mehr gab, und der Direktor wurde noch Direktor genannt, und er saß mit seinem Rohrstock im Büro – wie ist er damit nur davongekommen? –, und man hörte das Zischen abgezählter Schläge, wenn man vorbeiging, vier oder sechs, wie beim Kricket, auf die Handflächen eines Jungen. Und dann kam der Junge heraus, schüttelte seine Hand, mit Tränen in den Augen, aber doch mehr oder weniger grinsend, je nachdem, wen er zu sehen erwartete. Für gewöhnlich stand eine Schlange vor der Tür und jeder wartete darauf, daß er an die Reihe kam. Die Lehrer waren alle Männer und alle ziemlich schlampig, mit Stapeln von eselsohrigen Papieren, zwischen denen Mäuse hausten, mit ihren Sofakissen und ihren Pfeffer- und Salz-Streuern. Sie gaben ihr ständig irgendwelche Ratschläge. Wenn dir ein Kerl Ärger macht, sagten sie, da sie wußten, daß sie damit Probleme hatte, und du willst ihn nicht zum Direktor schicken, dann laß ihn draußen vor der Tür mit den Händen auf dem Kopf stehen. Aber nicht zu lange, verstehst du? Wenn jemand ein schwaches Herz hat, und das weiß man ja nie, kann er einen Herzanfall davon kriegen. Diese Schule war ein Schlachtfeld. Sie durfte an den Sportnachmittagen kein Schwimmen unterrichten, weil die anderen Lehrer sagten, die Kinder würden versuchen, den letzten zu ertränken. Den letzten Sportlehrer, meinten sie. Einmal dachte sie, jemand hätte sie am Bein gezogen, aber offenbar stimmte es doch nicht. Sie schickten sie statt dessen zur Kegelbahn. Diese Schule brachte sie fast dazu, aufzugeben, aber sie tat es dann doch nicht. Sie kann sich sogar noch daran erinnern, was sie dort unterrichtet hat. Wilfred Owen. Und noch mein Weinen war wie eine Kunde, die nun vergeht. Das beruhigte sie immer. Und sie waren ganz wild darauf, die Kinder. Sie waren hungrig. Deshalb hat sie wahrscheinlich auch den Fehler begangen, weiterzumachen.

Sie steht heute für Schwimmen auf dem Dienstplan, allerdings hat sie nicht viel dabei zu tun, wenn Mel die Aufsicht führt. Es ist besser als Basketball, wo laut geschrien wird, teilweise wirklich rüde. Obwohl sie oft versuchen, daran zu denken, es dich nicht hören zu lassen, für den Fall, daß du dich verpflichtet fühlst, durchzugreifen. Oder diese Situationen, wo du mitten auf einem heißen Feld stehen mußt und nur hoffen kannst, daß an diesem besonderen Nachmittag niemand von einem Stock oder einem Ball getroffen wird.

Mel ist von dem üblichen Geschnatter der Möchtegern-Nichtschwimmer umgeben. »Ich habe meine Tage!« jammern sie. »Ihr albernen Mädchen!« schreit Mel. »Glaubt ihr, Olympiasiegerinnen jaulen wegen ihrer blöden Tage herum? Schwimmen ist gut für euch! Wenn ihr eine Entschuldigung habt, gebt sie mir, ansonsten geht in den Umkleideraum. In fünf Minuten will ich euch hier wieder sehen! Nein, in dreieinhalb Minuten! Los!«

Am Ende des Beckens schubsen sich langbeinige große Jungen in knappen Badehosen gegenseitig auf die Kante zu.

Bei ihrem Anblick überflutet sie eine Hitzewelle. Und dann noch eine weitere, aber das ist Scham.

Mel winkt ihr zu, und einen fassungslosen Augenblick lang denkt sie, merkt man es mir an? Aber natürlich nicht, sie weist sie nur auf ihre Pflichten hin. Alison geht ein paar Schritte auf die Jungen zu, bleibt stehen und sagt sanft. »Ihr kennt die Regeln. Kein Schubsen.« Unbeeindruckt schlendern sie davon. Na ja, ein kleiner Versuch noch, aber sie wissen jetzt, daß sie sie beobachtet, und so wird nichts Ernsthafteres mehr draus.

Die Mädchen kommen aus dem Umkleideraum, hüpfen auf dem heißen Zement und zupfen unablässig hinten an ihren Badeanzügen herum.

Mel stellt sich auf einen Sprungbock, um die Liste abzuhaken. Die Gruppe vor ihr kichert und tuschelt, und Alyson tritt vor, um die Ursache zu ergründen. Oh, oh! Aus Mels Badeanzug ringelt sich, jetzt auf Augenhöhe für jeden sichtbar, dichtes dunkles Schamhaar. Die Mädchen versuchen, Alysons Blick einzufangen, fordern sie auf, an dem Witz teilzuhaben. Da kann sie nichts machen, außer so zu tun, als ob sie weder die Unruhe noch Mels Lapsus bemerkt. Mel ist nicht der Typ, um sich über den Sitz eines Bikinis Gedanken zu machen. Ihr ist es also wahrscheinlich sowieso egal.

Mel ist mit der Liste fertig, springt leichtfüßig herunter und schickt alle in die angewiesenen Richtungen. Sie schiebt die Sonnenbrille hoch, die von ihrer schweißglänzenden Nase gerutscht ist. Zu Alyson sagt sie leise: »Heute waren wir besonders albern.«

»Wie wahr.«

In der Nacht hat sie einen erotischen Traum. Er ist ganz einfach, braucht keine Interpretation. Er fragt sie wieder und sie sagt fröhlich ja. Sein Körper ist weißer, als er es im wirklichen Leben wäre, er fühlt sich so zart an, wie er das im wirklichen Leben niemals täte. Sie kommt im Schlaf. Für sie ist das ungewöhnlich, und sie wacht benommen auf.

Wie konnte mir das nur geschehen? Er hat keine Ahnung, was er getan hat.

In ihrer ersten Unterrichtsstunde am Morgen, nach der Schulversammlung, fängt sie einen Zettel ab. Sie ist nicht sicher, für wen er bestimmt ist oder von wem er kommt, aber sie bewegt sich so geräuschlos, wie sie es im Laufe der Jahre gelernt hat, zwischen den Tischen und greift nach ihm. Es gibt das übliche gedämpfte Schnauben und Murmeln, aber auch gespannte Stille. Sie weiß, daß es nichts taugt, ihn vor der ganzen Klasse vorzulesen, peinlich berührt zu sein, wissen zu wollen, wer ihn geschrieben hat, und so weiter. »Ich werfe ihn weg«, sagt sie einfach. »Und jetzt macht weiter.« Schließlich ist das erst die achte Klasse. In der Pause liest sie ihn. Es ist eine obszöne Aufforderung mit einer Zeichnung. Nichts zum Lachen, nichts, das Gejohle im Lehrerzimmer hervorrufen würde, auch nichts kreativ Obszönes, es ist einfach nur obszön. Die Hälfte dieser Kinder sind immer noch wirklich Kinder. Und bevor sie den Zettel in winzige Fetzen zerreißt und in den Papierkorb wirft, denkt sie nur: Es ist nicht fair.

Ihre Mutter und ihr Stiefvater sind überrascht, als sie Weihnachten auftaucht. Ihre Mutter meint, sie sähe schlecht aus, und sie erwidert, sie fühle sich, als ob eine Grippe im Anmarsch sei. Deshalb mischt ihre Mutter jeden Morgen für sie in einem Mixer Orangen, Ananas und Bananen, versehen mit einem Schuß Honig für zusätzliche Energie. Dicke Scheiben Vollkorntoast mit großen Butterpfützen und Klecksen von Melonen- oder Ingwermarmelade. Weichgekochte Eier nach der Spezialmethode ihres Stiefvaters, der dazu eine Stoppuhr braucht. Das Eigelb flüssig und das Eiweiß gerade eben fest. Genauso mag sie sie gern. Sie ißt und läßt sich von den Geschichten ihrer Mutter in den sonnigen Morgen tragen.

»Das ist eins von Frans Eiern«, sagt ihre Mutter. »Hast du schon jemals ein so wundervolles Eigelb gesehen?« Energisch schneidet sie am Ende des Brotlaibs herum. »Sie haben sich da drüben niedergelassen.«

»Die Hühner?«

»Die Familie. Habe ich dir das schon erzählt? Es gibt unten im Haus eine Wohnung für ihren Sohn, du erinnerst dich doch an Derryn? Hat alles selbst gemacht, sogar eine Jacuzzi eingebaut. Netter Junge. Ich weiß gar nicht, war er eigentlich schon schwul, als du ihn das letzte Mal gesehen hast?«

»Mum ...«

»Nun, jetzt ist er es auf jeden Fall, geht so richtig darin auf, natürlich lebt sein Vater nicht mehr, der arme Ralph. Also, bei Derryn zog dieser junge Kerl ein, und es schien, als ob sie ganz glücklich seien, wie seine Mutter sagte, aber dann ging das Ganze auseinander, und Derryn zog zu irgendeinem anderen jungen Kerl, und sein anderer Freund blieb hier, und sie wollte nichts sagen, weil er so traurig war. Dann auf einmal fing aber der andere junge Mann was an ... nun ja, mit einem anderen jungen Mann, und jetzt wohnen bei ihr unten im Haus zwei junge Kerle, die sie kaum kennt. Sie brauchte eine Weile, bis sie sich daran gewöhnt hatte, aber mittlerweile hat sich alles zum Besten gewendet. Sie kann am Wochenende wegfahren, und die beiden füttern die Hühner und sperren sie nachts ein, damit der Fuchs sie nicht holt. Es sind zwei Rhode Island Reds, zwei hübsche gelbliche, ich hab' ihre Namen vergessen. Sie kümmern sich wirklich hervorragend um alles, es sind zwei reizende Jungen. Die Frage ist nur, was passiert, wenn Derryn irgendwann wieder nach Hause kommen will? Schließlich ist es sein Zuhause.«

»Daran hätte er früher denken sollen«, sagt Alyson.

»Das Herz hat seine eigene Gründe, hat er zu ihr gesagt.«

»Äußerst tiefsinnig.«

»Du hast gar keinen Anflug von Grippe«, sagt ihre Mutter. »Du hast Liebeskummer, oder? Die ganze Zeit war nicht die Rede davon, daß du kommst. Aber denk nicht, daß ich nicht froh bin, dich hierzuhaben, Schatz. Das hat mir Weihnachten gerettet.« Sie rettet eine Toastscheibe aus dem Toaster.

»Springen die Dinger nicht zu weit heraus?«

»Versuch nicht, mich abzulenken«, sagt ihre Mutter. »Ich sehe selbst, daß du nicht darüber reden willst. Wenn du zu Ende gefrühstückt hast, kannst du hinuntergehen und mit deinem Stiefvater über Vermehrung reden. Er hat wirklich seine eigenen Methoden. Oh, da gibt es wundervolle Sachen! Es gibt mehr als fünfzigtausend Hybriden auf der Welt, stell dir das mal vor! Er ist bereit, nach mir zu sterben, wenn er nur die eine bekommt, die er will, hat er gesagt.«

Ihre Mutter, eine Rosenzüchterwitwe, ist jetzt in Orchideen verliebt, und ihr alter Ehemann umgibt sie mit Schönheit. Die Üppigkeit im Haus ihrer Mutter, die wuchernden Farben machen ihr ihr kahles Zuhause umso deutlicher bewußt, aber es wärmt auch. Sie fährt nach Hause mit einem Rücksitz voller Sachen, einem halben Weihnachtskuchen, Töpfen mit Passionsfruchtbutter und Mangogelee, einem Sack mit der geheimen Blumentopferdemischung ihres Stiefvaters, einer feinen, cremefarbigen Cattleia, sorgfältig eingewickelt in feuchte Jute (»Das wird sie schon überstehen, sie ist widerstandsfähiger, als sie aussieht«), und einem Kopf voller Entschlüsse.

Die meisten davon lösen sich in Nichts auf, als sie ihn bald darauf nach der Schule in einer Gruppe von Jungen und Mädchen sieht. Sie steigen gerade in einen Wagen, den anscheinend einer von ihnen aufgrund seines Alters schon fahren darf. Er trägt diese langen, weiten Khakishorts, die jetzt alle Jungen tragen, und hat eine Gitarre bei sich. Eins der Mädchen, die mit den kürzesten Hosen, ist Tiffany. Alyson beugt sich über ihr Lenkrad und betet, daß sie nicht gesehen wird.

Louise ruft an, um sie zum Abendessen einzuladen. Sie lehnt diese Einladung ab, und die nächste auch.

So vergeht die Zeit.

Louise feiert eine Party. »Wir haben dich seit einer *Ewigkeit* nicht mehr gesehen«, sagt sie. Als nächstes wird sie wissen wollen, warum. Sie kann nicht gut ablehnen und warum sollte sie auch, nach so vielen Monaten? »Ich komme gerne. Es könnte nur sein, daß ich früh gehen muß.« Lüge. »Es könnte sein, daß ich mich noch mit jemandem treffen muß.«

»Oh«, sagt Louise, »warum bringst du ihn nicht einfach mit?«

»Es ist ein bißchen kompliziert.«

»Ich verstehe«, entgegnet Louise wissend.

Vielleicht ist es so am besten.

Es ist ein warmer Spätsommerabend, und die Türen zur Veranda sind geöffnet. Lichter huschen über das Wasser. Duftender Rauch steigt vom Grill auf. Große Langustenschwänze sind auf Spießen aufgesteckt. Es riecht scharf nach frischem Koriander. Toby, dessen Haare im Licht schimmern, ist für das Essen verantwortlich, aber er trägt keine neckische Schürze. »Die beste Zeit im Jahr für ein Barbecue«, sagt er.

»Birnensauce.« Louise stellt eine Glasschüssel ab und huscht wieder davon.

Was ist das? Alyson fährt verstohlen mit dem Finger am Rand der Schüssel entlang und leckt ihn ab.

»Ich hab' dich gesehen«, sagt Katie.

Brian ist bei ihr, er sieht gelangweilt aus. Alyson hat ihn noch nie anders erlebt. Allerdings, wenn Katie sagt, seine Anwesenheit hält ihre Hormone im Gleichgewicht, muß es wohl stimmen.

Louise bringt eine Schüssel mit Tortellini. »Wir sind heute abend ganz schön wählerisch.«

»Wo sind die Kinder?« fragt Katie.

»Griselda ist damit beauftragt, Muscheln auf Bambusstäbchen aufzufädeln, und Tom ist nicht da.«

»Er führt vermutlich schon sein eigenes Leben«, sagt Katie.

»Er hat eine kleine Freundin, sie sind irgendwohin unterwegs.«

»Beine bis hier oben«, wirft Toby ein. Brian blickt kurz auf.

»Kleine, dürre Beine«, sagt Louise. »Wie ein Fohlen, und dann schwanken sie so auf diesen unglaublich hohen Plateausohlen. Ich denke immer, hoffentlich bricht sie sich nicht den Hals.«

»Es ist verständlich, daß sie lieber mit Gleichaltrigen zusammen sein wollen.« Katie möchte gerne Kinder haben, oder vielleicht hat sie es in der Zwischenzeit auch aufgegeben, und das Thema ist ihr unbehaglich.

»Sie ist ein Jahr jünger als er. Ich habe ihm gesagt, er könne sie mitbringen, aber er wollte nicht. Eigentlich hatte ich ja gedacht, wir könnten gleich seinen Geburtstag mitfeiern, aber das wollte er auch nicht. Er hätte alle seine Freunde einladen können, sie hätten unten tanzen können, aber er sagte …«

»Die Langusten sind durch, Louise.«

Er ist darüber hinweg.

»Nimm sie vom Grill, Toby! Nicht eine Sekunde länger!«

Alyson geht, so früh sie kann. Am Tor bleibt sie stehen, um ihre Schlüssel zu suchen. Hinter sich hört sie die Geräusche der Party, gedämpft durch die Bäume, und ein Stück weiter die Straße hinauf, den lauteren Lärm von einer anderen Party. Und doch hört sie auch ein leises Rascheln in den Ästen über sich und blickt hoch. »Er ist nicht hier«, sagt sie. »Du wußtest doch, daß du dich darauf nicht verlassen solltest, oder?«

An diesem Nachmittag, wieder ein Freitag, geht ihr Auto auf dem Nachhauseweg kaputt. Genau auf dem Highway. Sie zieht den Griff für die Kühlerhaube, steigt aus und öffnet die Haube. Flammen schlagen aus der Batterie. Sie springt zurück. Das Auto brennt!

Ein Lieferwagen hält an, und der Fahrer kommt angelaufen. »Haben Sie einen Feuerlöscher?«

Wenn ich einen hätte, würde ich ihn benutzen, hätte sie am liebsten gesagt. Halten Sie mich für so dumm? Na ja, allerdings bin ich wohl dumm genug, keinen Feuerlöscher zu haben. »Nein. Haben Sie einen?«

»Nö, wär aber wohl besser.«

Am Ende hat sich eine ganze Menschenmenge versammelt, aber keiner hat einen Feuerlöscher, also brennt das Feuer im Schein der Nachmittagssonne von selbst nieder.

Sie fährt mit dem Abschleppwagen zur Werkstatt und ruft ein Taxi.

Mitten auf einer geschäftigen Einkaufsstraße fährt das Taxi hinten auf einen Wagen auf, der ungeschickt aus einer Parklücke herausschießt. Der Fahrer dreht sich zu

Alyson um, die heftig nach vorne geschleudert worden ist, weil sie keinen Gurt angelegt hat, und schnauzt: »Haben Sie das gesehen? Verdammte Frau am Steuer!« Bevor ihr eine passende Antwort einfällt, kommt die fragliche Person angestürmt.

»Konnten Sie nicht sehen, daß ich zurücksetze?« schreit sie. Sie blickt ihn genauer an. »Sie ignoranter Ausländer!«

Er steigt aus, knallt dabei die Tür zu, was Männer normalerweise hassen. »Sehen Sie sich den Schaden an, den Sie meinem Taxi zugefügt haben, Sie dumme Kuh! Wie sind Sie bloß an Ihren Führerschein gekommen, Sie haben ja noch nicht mal ein Hirn!«

Alyson lehnt den Kopf ans Seitenfenster und schließt die Augen. Die Schlacht tobt. Rassismus gegen Sexismus. Ich halte es nicht mehr aus, denkt sie. Sie nimmt ihre Sachen, öffnet leise die Tür und schleicht sich davon, ohne zu bezahlen.

Sie schleppt sich den ganzen Weg zu Fuß nach Hause.

Er ist da und wartet auf sie, sitzt ruhig auf der Treppe.

Er steht auf und streckt eine Hand aus, um ihr die Bücher abzunehmen. Schweigend sucht sie nach ihrem Schlüssel und schließt die Tür auf.

Ihr Mund ist schrecklich trocken. »Ich brauche ein Glas Wasser«, sagt sie.

Er bleibt an der Küchentür stehen. »Du weißt, daß ich jetzt sechzehn bin«, sagt er.

Sie stürzt das Wasser hinunter und füllt das Glas erneut. »Ich habe gehört, daß du keine Party wolltest.«

»Warum sollte ich? Darum geht es doch gar nicht.«

Nein, das stimmt.

Dieses Schweigen dauert endlos.

»Ich glaube, wir sollten es einfach tun«, sagt er.

Sie spült das Glas aus, stellt es ordentlich auf das Ablaufgestell, geht an ihm vorbei ins Wohnzimmer, zögert.

»Im Schlafzimmer, Aly«, sagt er. »Richtig.« Und nach einem Augenblick folgt er ihr.

Der Fehler ist bereits gemacht, und einmal wird genug sein, danach wird er das Interesse verlieren. Ich brauche nur dieses eine Mal.

Sein Hemd aufknöpfen, seinen Gürtel aufmachen, seinen Reißverschluß herunterziehen. Nichts hat ihr jemals soviel Konzentration abverlangt. Es passiert in einer anderen Dimension. Er hat eine Packung Kondome mitgebracht. Du lieber Gott. Er kniet sich vor sie, nimmt ihr Gesicht in die Hände. »Es wird dir nicht leid tun«, flüstert er.

»Es ist mir egal! Oh, Tom, bitte!«

Das Leben, in dem sie Menschen beobachtet hatte, die sich auf der Straße anschrien, war ein anderes Leben. Das Leben, in dem sie keine Ahnung hatte, wie es wirklich sein würde, Tom zu haben, das Leben, in dem sie nur soviel von ihm wußte, daß es ihr wehtat ... auch das war ein anderes Leben.

Sie hatte keine Ahnung gehabt, wie es sein würde, seinen Körper ganz zu kennen, nur dieses eine Mal. Jeden Zentimeter an ihm zu entdecken, das, was sie so lange im Gedächtnis behalten hatte, und auch all das, von dem sie geglaubt hatte, daß sie es niemals kennenlernen würde. Alles an ihm war schön – sein Penis mit seiner zarten Haut, seine Zunge, seine Wimpern. Sein Atem, rasch und langsam und warm.

Sie hatte trotz all ihrer Phantasie keine Ahnung gehabt, wie es sein würde, ihn zu halten, während er sich in ihr verlor, nach einem sorgfältigen Anfang, der offensichtlich in Übereinstimmung mit einem lang gehegten Plan stand, mit einem unkontrollierbaren Aufbäumen, das, wie sich herausstellte, sein Selbstbewußtsein nicht beeinträchtigte. Oder wie es sein würde, als sie selbst kam, ohnmächtig dem Gefühl ausgeliefert, hilflos schluchzend, ohne sich dadurch gedemütigt zu fühlen, seinen Zärtlichkeiten ausgeliefert, nur dieses eine Mal, Lächeln einer Unschuld, die sie lange verloren zu haben glaubte.

Er legt sich zurück, streckt sich so, wie er es am ersten Tag im Zug getan hat. Leicht küßt sie seinen Bauch, läßt ihre Lippen dorthin wandern, wo sie hinmöchten, hinunter zwischen die festen, hellbraunen Locken, tief atmet sie seinen Duft ein, über dem ihr eigener liegt, ruft selbst jetzt überraschend ein leichtes Zucken hervor, das sie beide zum Lachen bringt. Sie legt ihre Wange auf seine glatte braune Hüfte und denkt, ich bin im Himmel, absurd. Dann zieht er sie hoch und legt sie an seiner Brust zurecht. Er weiß genau, wie er sie haben möchte, seinen Arm um sie gelegt, die andere Hand hier und dort auf Forschungsreise. Er ermittelt den Sonnenschutzfaktor der Sonnenmilch, die sie verwendet. Du mußt vorsichtig sein, Aly, deine Haut ist so hell und du hast viele Muttermale. Ja, Tom, sagt sie. O Gott, sie ist so glücklich.

»Ich habe immer schon solche Gedanken über dich gehabt«, sagt er und bläst ihr sanft ins Haar.

»Immer schon?«

»Na ja, seit ich angefangen habe, über dich nachzudenken. Ich habe immer gefunden, daß du wunderschön bist.«

»Selbst, als meine Haare noch mausfarben waren?«

»Ich habe gesagt, schon immer.«
»Ich habe von dir geträumt.«
»Nur einmal?«
»Sonst habe ich meistens nur Tagträume.«
»Ich auch. Aber Tagträume von dir, weißt du.« Er lacht. »Ich kann sie gar nicht mehr zählen.«
»Du bist sechzehn.« Es kommt ihr nicht seltsam vor, das zu sagen.
»Ich weiß nicht, wie ich so lange warten konnte.«
»Ich wußte nicht, daß du überhaupt wartest.«
»Hast du gedacht, ich hätte aufgegeben?« Er blickt sie ungläubig an. »Du kennst mich eben noch nicht gut genug.«
»Ich bin lernfähig.« Ein Stich, den sie sich selbst versetzt. So zu reden, als hätten sie alle Zeit der Welt! Das Gegenteil ist wahr! Die Zeit, die endlos schien, als dies hier noch unmöglich war, geht zu Ende, jetzt, wo sie hier im Bett liegen.
»Noch einmal«, sagt er. Sie hebt den Kopf von seiner Brust, um ihm ins Gesicht zu sehen.
»Du mußt bald nach Hause.«
Mit den Lippen an ihrer Brust zählt er auf: Louise hat ihren Abendkurs, Toby arbeitet angeblich die Dinge auf, die während der Woche unerledigt geblieben sind, Griselda ist beim Training.
Ja. Ja! Es gelingt ihr nicht, die Worte laut auszusprechen, aber er weiß Bescheid.

Als er aufsteht, um sich fertig zu machen, zieht sie ihn noch einmal an sich, nur um die verletzliche Wölbung unter seinem Hüftknochen zu küssen, die weiße Stelle, genau dort, wo seine Badehose aufhört. Er hebt den Kopf und gibt einen einzigen Laut von sich, eine Mischung aus Keuchen und Stöhnen. Und der Schauer, der sie durchläuft, eine unglaublich feine Nadel, die an ihr entlangstreicht, vom Scheitel bis zur Sohle, läßt sie für einen Augenblick am Leben verzweifeln.

Noch einmal, noch einmal.

Am Ende knöpft sie langsam sein Hemd für ihn zu. Er zieht den Reißverschluß an seiner Hose hoch. Diese graue Hose ist Bestandteil seiner Schuluniform. Ihr Magen hebt sich rasch. Zu spät. Sie hat es getan. Noch nie hat sie mehr Zärtlichkeit für einen Menschen empfunden. Jetzt muß sie nur noch akzeptieren, daß dies das Einzige war, was jemals sein kann, und muß zusehen, wie sie weiterlebt.

»Küß mich, Tom«, sagt sie.

»Bleib lieben«, sagt er zu ihr. »Bleib im Bett. Ich mag es, wie du da aussiehst.« An der Schlafzimmertür verharrt er, kommt zurück. »Es tut dir doch nicht leid, oder?« Er flirtet nicht mit ihr, es ist nur eine Frage.

»Das weißt du doch.«

Er zieht das Laken weg, sie greift danach und wickelt sich fest darin ein. »Geh jetzt.«

»Das Einfachste wird sein, du gibst mir einen Schlüssel.«

Sie sitzt da, eingewickelt in ihr Laken, und starrt ihn mit offenem Mund an.

»Für nächsten Freitag«, erklärt er. »Ich komme mir da draußen ein bißchen wie auf dem Präsentierteller vor, wenn du aufgehalten wirst. Die Dame über dir hat mich heute nachmittag ganz komisch angeguckt.«

»Du denkst ganz schön praktisch«, sagt sie schließlich. »In der Schublade ist ein Ersatzschlüssel.«

Er zieht die Schublade auf, und da liegt der rechteckige weiße Umschlag mit seiner Handschrift.

Er lächelt, findet den Schlüssel und steckt ihn in die Tasche. »Hat dir gefallen, was ich geschrieben habe?«

»Ja. Sehr.«

»Es steht in einem Namenswörterbuch«, sagt er. »In der Bibliothek. Ich habe unter deinem Namen nachgeschlagen. So wie du ihn buchstabierst, stammt er aus dem 15. Jahrhundert, wußtest du das? Ich wollte einfach nur deinen Namen sehen. Ich habe ihn immer wieder angeschaut. Hunderte Male. Du hättest mich bestimmt für verrückt gehalten.«

So war das also. Er war ganz allein auf die Idee gekommen.

»Nein«, sagt sie, »nein, das hätte ich nicht.«

»Ich liebe dich, Aly. Ich weiß, daß du es nicht zu mir sagen willst. Du willst mich nicht zu sehr ermutigen. Mach dir keine Sorgen. Ich kann warten.«

Ich bin nicht so tapfer wie du, Tom, denkt sie, als er die Haustür hinter sich zugezogen hat. Und das weißt du auch.

Sie schläft ein, wacht gegen Mitternacht auf, verwirrt, von Stimmen, die unten auf der Straße »Gute Nacht! Gute Nacht!« rufen. Sie schaltet das Licht ein. Da liegen ihre Kleider auf dem Boden, die Bettwäsche ist ganz zerdrückt und verdreht. Und während sie mit klopfendem Herzen zurück auf das Kissen sinkt, weiß sie, daß ihr Schwur, es nur dieses eine Mal zu wollen, zu brauchen, nicht wahr ist. Es kommt ihr fast wie ein Sakrileg vor, daß sie das überhaupt gedacht hat.

Eine Woche. Nein, ein paar Stunden sind bereits vergangen. Zähl die Stunden. So kommst du durch die Woche.

Es ist möglich.

Und dann gibt es ja auch noch Jahre.

4

Ich finde, wir sollten nächstes Wochenende mal wegfahren«, sagt er beiläufig, während er auf der Bettkante sitzt und sich eine graue Socke über den Fuß zieht.

Wenn ich nicht so lethargisch wäre, denkt sie, würde ich aufstehen, mich vor ihn hinknien und ihm die Socken anziehen. Zuerst würde ich seine Füße küssen. Seine Füße sind zu groß, wie die Pfoten eines Welpen, zu lang. Sie setzt sich auf. »*Was?*«

»Wir können doch nicht immer nur hierbleiben, Aly!«

Immer nur?

»Meine Eltern fahren weg«, sagt er. »Nach Wollongong, Zelda hat da einen Wettkampf. Lassen mich zu Hause, damit ich meine Projektarbeit fertig schreiben kann. Das habe ich aber schon gemacht. Ich muß nur Futter für die Katze rausstellen. Wir könnten also fahren.«

Sie ist sprachlos. Alles muß so bleiben, wie es ist! Das ist alles, was ich erwarte, diese paar Stunden hier, und die Welt draußen ist ausgeschlossen. Nur hier sind wir sicher. Er blickt sie an, wartet auf eine Antwort. »Das wäre zu gefährlich, Tom.«

»Sie fahren nach Süden«, sagt er. »Wir fahren nach Westen. In die Blauen Berge, nach Katoomba.«

»Katoomba! Da könnten wir Gott weiß wen treffen. Man könnte uns sehen!«

»Was kann schon passieren? Das Risiko ist sehr gering, Aly. Und es ist besser, man sähe uns dort als an einem wirklich abgelegenen Ort, wenn überhaupt.«

Sie schüttelt den Kopf. Versteht er denn nicht? Und

dann versteht sie es auf einmal. »Du möchtest ein richtiges Date?«

»Genau!« antwortet er. »Und hier können wir schließlich noch nicht miteinander ausgehen.«

Sein Eifer ist herzzerreißend. Dieses »noch«. Er glaubt wirklich, ich sei seine Freundin. »Das ist etwas anderes«, sagt sie sanft. »So ist es eben. Sieh mich nicht so eigensinnig an. Denk darüber nach.« Ihr geht auf einmal der Gedanke durch den Kopf, daß ihm der jetzige Zustand nicht genügt. Wenn ich nicht ...

»Es ist nicht so, daß es mir nicht genügt«, sagt er, und sie zuckt zusammen. Daran merkt er, daß er ihre Gedanken erraten hat. Wahrscheinlich war das nicht allzu schwer, jedenfalls nicht für einen Schüler mit einer so raschen Auffassungsgabe wie Tom. »Es ist toll. Aber es gibt auch noch eine Welt um uns herum. Wir haben das Recht dazu.«

Das Recht. Welches Recht? »Und was ist, wenn sie anrufen?«

»Sie hinterlassen mir ihre Nummer. Ich werde sie anrufen. Dann wissen sie, daß es mir gut geht, also ist doch alles in Ordnung.«

Das ist gräßlich. »Wir könnten einen Unfall haben. Und was dann?«

»Wir haben schon keinen Unfall«, sagt er.

So weit, so gut. Kein Unfall. Es war keine angenehme Fahrt. Er hat sie überhaupt nicht genossen. Er hat sich neben ihr im Sitz zusammengekauert, die Beine übereinandergeschlagen, einen Fuß auf das Armaturenbrett gestützt, die ganze Zeit geseufzt und gemurrt, und sie mußte sich zusammennehmen, um nichts zu sagen. Am liebsten hätte sie ihn angeherrscht, hör sofort damit auf, ich habe keine Lust auf solch ein Benehmen. Irgend etwas in der Art. Nur weil er denkt, er müsse fahren.

Aber jetzt, am Motel, wird er wieder lebendig. Er ist schon halb aus dem Auto gesprungen, bevor es angehalten hat. »Ich gehe den Schlüssel holen.«

»Tom ... das kannst du nicht!« Glaubt er, sie geben Kindern die Schlüssel?

»Glaubst du, sie fragen danach? Ich bin ziemlich groß.« Na, wunderbar. Bei einem Motel geht es doch hauptsächlich darum, daß man nicht auffällt. »Und, Aly, ich zahle.«

»Du hast Geld?« Sie haben auf der Fahrt einmal angehalten, an einem altmodischen Café, und er hat ihr einen Vanille-Milchshake gekauft. Sie hat sich nichts dabei gedacht. »Dafür?«

»Ja, ich habe Geld«, erwidert er beleidigt. »Ich habe gearbeitet.« Verdammt, seine Ersparnisse. Er steigt aus. »Warte hier.«

Und er kommt mit dem Schlüssel zurück.

Sobald sie im Zimmer sind, vergißt sie alles. Ihre Freude ist so groß wie seine. Er hebt sie hoch, wirft sie aufs Bett und sich auf sie.

»Tom«, sagt sie, »du brauchst kein Kondom, es ist schon in Ordnung.«

»Wir müssen«, sagt er.

»Du ...« Sie holt tief Luft. »Du hast es noch nie ohne gemacht, nicht? Und ich ...« Sie braucht jetzt nicht zu sagen, daß sie es seit Jahren überhaupt nicht mehr gemacht hat. »Ich nehme jetzt die Pille. Außerdem spende ich Blut und habe einen Test machen lassen. Es ist in Ordnung. Solange es ... solange wir ...« Diese Erklärung führt zu weit.

»Monogam bleiben«, beendet er den Satz für sie. »Hab schon verstanden.« Seine Hand wandert unter ihren

Rock und zieht drängend an ihrer Strumpfhose und ihrem Slip. Genauso eilig befreit sie ihn von seiner Jeans. Er glüht unter ihrer Berührung mit einer Hitze, die auf sie überströmt.

Er könnte jetzt nicht aufhören. Oh, ich auch nicht, ich würde sterben. Alles andere hört auf. Pompeji. Wie komme ich gerade darauf? Menschen, ineinander verschlungene Körper. Genau wie wir. Ein Vulkan! Sie haben nichts gehört. Glücklicherweise sind diese Berge sehr alt. Tom dagegen …

»Aly! Sieh uns an!« Er kann kaum sprechen, so sehr ist er außer Atem.

Sie ist ein schlechtes Vorbild, aber es ist wundervoll.

Das Abendessen in einem kleinen Hotel, zu dem sie zu Fuß gehen können, ist kein Erfolg. Die frisch gestrichenen hölzernen Schnörkel locken sie an, aber drinnen wirkt es eher wie eine Ansammlung unverkäuflicher viktorianischer Möbel aus einem stillgelegten Antiquitätenladen, und der Speisesaal ist zu drei Vierteln leer. Der Kellner ist nicht ungeübt im Umgang mit Wochenendreisenden, er ist nur nicht allzu schnell von Begriff. Nachdem Alyson für sich bestellt hat, setzt er an: »Und was möchte Ihr …« Gerade noch rechtzeitig verstummt er. Irgend etwas muß um sie sein. Das Wort »Sohn« hängt den ganzen Abend wie ein verstaubter Kronleuchter über ihnen.

Tom hat die Weinkarte studiert und bestellt eine Flasche Chardonnay, von dem Toby auf einem seiner Ausflüge ins Hunter Valley eine ganze Kiste gekauft hat. »Und eine Flasche Mineralwasser«, fügt sie hastig hinzu. Gibt es nicht ein Gesetz, daß man Minderjährigen keinen Alkohol ausschenken darf? Der Wein kommt, und sie weist mit einer steifen, kleinen Geste auf Toms Glas.

»Probier du«, murmelt sie.

Der Kellner gießt den Wein mit unangebrachtem Schwung in die Gläser und zieht sich dann in den hinteren Teil des Raumes zurück, wo er einer schwarz gekleideten Frau mit hochgezogenen Augenbrauen einen vielsagenden Blick zuwirft.

»Nun, auf uns«, sagt Tom und stößt mit ihr an.

Auf uns.

Der schwierigste Teil kommt später. Er ruft seine Eltern an, das Gespräch ist nur kurz, aber sie steht trotzdem auf und geht ins Badezimmer. Als sie an ihm vorbeikommt, sagt er gerade mit vollkommen natürlicher Stimme: »Ich werde jetzt ins Bett gehen.« Was geht das die Eltern schon an? Er hat sich abgewandt und sieht sie nicht an.

Und als sie aus dem Badezimmer zurückkehrt, sagt er lediglich: »Es ist es wert, Aly.«

Sie wacht als erste auf. Sein Kopf liegt auf dem Kissen neben ihr. Das Braun in seinen Haaren darunter ist dunkler, als sie gewußt hat. Sie berührt es mit dem Finger. Es ist leicht feucht von Schweiß. Er dreht sich um, seine Wange ist gerötet, wie bei einem Kind. Bitte, wach nicht auf, Tom, noch nicht, ich möchte dich anschauen. Seine lange, schmale Hand liegt auf ihrer Brust. Ihr Arm wird langsam taub, aber sie bewegt sich nicht. Jemand schiebt ein Tablett in die Durchreiche, mit Reisflocken in Minipaketen, auf die sie als Kind immer so begierig gewartet hat. Einen Augenblick später wird eine Zeitung unter der Tür durchgeschoben. Er schlägt die Augen auf.

»Deine Augen sind heute grau.«

»Ich glaube, morgens sind sie immer grau.«

Nebel wabert vor den Fenstern. Als es aufklart, tauchen die Umrisse von Bäumen und Büschen auf, und hellfarbige Papageien hängen kopfüber von den Futterringen in den Ästen. Er sitzt in dem einzigen hölzernen Armlehnstuhl, sieht ihnen zu und macht Fingerübungen auf seinem Knie. Sie kämmt sich die Haare, die noch feucht vom Duschen sind, und zieht sich an. Beobachtet ihn.

»Setz dich hierher, Aly.«

»Was tust du da?«

Aus einer seiner Rucksacktaschen hat er eine Kamera geholt. Keine Anfängerkamera. Er möchte bestimmt in keinem Bereich ein Anfänger sein. »Wonach sieht es aus?«

»Willst du die Vögel photographieren?«

»Nein, dich.« Er hat verschiedene Linsen und Filter auf dem Bett ausgebreitet, und jetzt schraubt er etwas ab und setzt etwas anderes auf. »Der hier ist für später, damit das Blau auf dem Farbfilm nicht zu stark herauskommt, das ist hier oben ein Problem. Wenn man nicht aufpaßt, sehen alle Bilder wie Postkarten aus.«

»Tom, das kannst du nicht machen!«

»Warum nicht?«

»Wir dürfen eigentlich gar nicht hier sein.«

»Und wer sollte sie sehen?« Sie zuckt mit den Schultern. »Du glaubst doch nicht etwa, daß sie meine Sachen durchwühlen?« sagt er. »Komm schon, Aly! Jetzt sieh ein bißchen … ja, ein bißchen nach links.«

Während sie nach links blickt, denkt sie, ich kann auch das hier nicht aufhalten, genauso wenig wie ich überhaupt hier sein sollte.

Er klappt ein Stativ auseinander und stellt die Kamera darauf. Dann umfaßt er sie, zu ihrer Überraschung, und setzt sich mit ihr auf den Knien in den Stuhl, so daß sie zappelt und lacht, als der Blitz losgeht. Er stellt die Kamera noch einmal ein, und dieses Mal steht er ordentlich hinter ihr. Wie auf einem dieser alten Hochzeitsbilder, denkt sie.

»Es sollte in Sepia sein«, sagt er.

In den Tälern hängt immer noch der Dunst, aber die Berge sind in der kalten Sonne so blau, wie sie es schon immer gewesen sind. Er stürmt die Pfade entlang, und sie ist jedesmal froh, wenn er stehenbleibt, um einen Baumstumpf oder einen Felsen zu photographieren. Manchmal muß er eine Linse auswechseln, um eine Flechte oder ein Blatt auf dem Weg aufnehmen zu können, und dann kommt sie wieder zu Atem. Einmal muß sie sogar sagen: »Bitte nicht so schnell.«

Entschuldigend erwidert er: »Ich habe ganz vergessen, daß meine Beine länger sind.«

Er sagt das nicht aus Höflichkeit, er realisiert wahrscheinlich noch nicht einmal, daß zwanzig Jahre etwas ausmachen. Das ist nicht die Art von Wissen, die man mit sechzehn verinnerlicht hat. Man hört davon, man weiß es theoretisch, aber es ist wie mit einem Schimpfwort in einer fremden Sprache: Es hat eine Bedeutung, aber kein emotionales Gewicht.

Sie fühlt sich zwar noch nicht alt, keineswegs, und sie war auch noch nie eine begeisterte Bergwanderin, aber sie merkt, daß dieses sorglose Gefühl, über unendlich erneuerbare Energie zu verfügen, das er noch verspürt, ihr irgendwann abhanden gekommen ist.

Er springt eine hohe Stufe in einem Felsen hinunter, und reicht ihr dann in einer komisch höfischen Art die Hand, läßt sie aber keinen festen Tritt finden, sondern zieht sie gleich in seine Arme. In diesem Moment kommt eine Familie um die Wegbiegung. Sie entwindet sich ihm. Mutter, Vater und zwei kleine Mädchen. Sie gehen vorbei und wenden ihren Blick ab. Es ist niemand, den sie kennen, aber der Gedanke scheint ihm auch gar nicht zu kommen. Als sie außer Sichtweite sind, macht er da weiter, wo er aufgehört hat.

Sie hören Wasser rauschen, und sehen unter sich den Wasserfall. Der Weg ist bald mit Moos und Farn überwuchert, und noch bevor sie etwas anderes sehen können als Bäume, sind ihre Gesichter feucht von kleinen Tropfen, die der leichte Wind, der selbst an diesem stillen, kalten Morgen herrscht, vom Wasserfall herüberträgt.

Als sie aufblickt, erkennt sie den Wasserfall sofort wieder. Als sie in Toms Alter war, sechzehn, ist sie mit einer Gruppe von Freundinnen in die Berge gefahren, und sie sind den Weg ganz oben, den sie von hier aus nicht sehen kann, entlanggegangen. Es war ein sonniger Tag, und sie hatten eine Bergkarte dabei, auf der die verschiedenen Wasserfälle eingezeichnet waren, Bridal Veil zum Beispiel. Es mutete alles ziemlich antiquiert an, aber sie mag diese alten Namen immer noch. Aus irgendeinem Grund hatten sie den Weg verlassen ... Gott, wie Kinder es eben so tun. Sie kletterten an der Seite des Wasserfalls hinunter, bis zu dem Punkt, wo er sich ins Tal ergoß. Vielleicht wollten sie die Aussicht genießen, irgend etwas Verrücktes in der Art muß es gewesen sein. Sie verlor auf einem rutschigen Felsen den Halt und fiel in das seichte Wasser, das über glasigen Sandstein strömte. Schreiend, wie die anderen Mädchen auch, wurde sie bis weit an die Kante getrieben. Dort war ein hervorstehender Felsen, in dem sich ihre Kleider verfingen, und so konnte sie sich kurz vor dem Abgrund festhalten. Eine ihrer Freundinnen, eine, die sie seit Jahren nicht mehr gesehen hat und die heute irgendwo sein könnte, rutschte herunter, kniete sich hin und streckte ihr eine Hand entgegen. Es war nicht nur die Hand, sie hätte sich auch ohne Hand in Sicherheit bringen können, wenn sie sich nur hätte bewegen können, es waren die Worte, dieses »Komm schon, komm schon!«, durch die sie es schaffte. Sie fuhr nach Hause, ihre Kleider waren in der Sonne getrocknet, und sie mußte lediglich die Kratzer an ihrem Bein erklären. Sie erzählte es ihren Eltern nie, niemals.

Tom ist das nasse Steinbett hinter dem Wasserfall hochgeklettert. Die Nässe, die Schlüpfrigkeit machen ihr Angst, obwohl es dort keinen Abgrund gibt. Sie könnte sich im schlimmsten Fall den Knöchel brechen, wenn sie in das Becken fiele, wo an jenem Tag ihre Leiche, von Felsen zu Felsen in den Strudeln treibend, hätte gefunden werden können. Sie kann sich immer noch nicht bewegen. Komm schon, Aly, ruft er über dem Rauschen des Wasserfalls. Sie ergreift seine Hand und klettert hoch.

Gegen Mittag ist er hungrig, aber jetzt wird sie langsam nervös. Und wenn seine Eltern schon auf dem Weg nach Hause sind? »Sind sie nicht«, beteuert er, aber es nützt nichts.

»Laß uns fahren.«

Mit der Riesenmenge an Nahrungsmitteln, die er offenbar für die Reise zu benötigen glaubt, gehen sie zum Auto zurück. (»Das liegt an der Bergluft«, sagt sie, aber er erwidert: »Ich esse immer soviel zu Mittag.«) Plötzlich entdeckt sie etwas in einem Schaufenster und geht noch einmal zurück, um sich zu vergewissern. »Bergteufel!«

Sie weiß den botanischen Namen der Pflanze nicht, aus der sie gemacht sind. Sie stellt sie sich vor als Bergteufelbusch. Jeder gegabelte Zweig hat am oberen Ende drei Spitzen für Maul und Hörner; man braucht nur noch ein paar Kleinigkeiten hinzuzufügen, ihm Lumpen anzuziehen, und schon hat man eine Puppe. Hier, mitten in einer Auswahl altmodischer Souvenirs, wie gehäkelten Koala-Teewärmern oder Keramikaschenbechern, gibt es immer noch ein paar Bergteufel. Aber heutzutage pflückt niemand mehr einheimische Pflanzen, und es würde sich doch auch sicher nicht lohnen, sie extra dafür anzubauen? Vielleicht sind es alte Bestände oder der Nachlaß eines verstorbenen Kunstschnitzers aus den Bergen? »Ich kann mich noch gut erinnern, wie ich das erste Mal mit meinen Eltern hier war«, sagt sie. »Es war dunstig, genau wie heute morgen. Wir sind ziemlich weit gelaufen. Ich war erst vier. Wir machten mit unseren Stimmen ein Echo über dem Tal. Und mein Vater kaufte mir einen Ballerina-Bergteufel. Sie kam mir größer vor als diese hier. Ich habe sie noch in einer Schachtel zu Hause.«

»Warte hier.« Er geht in den Laden und taucht einen Moment später gestikulierend hinter der Schaufensterscheibe auf. Dann greift er hinein und nimmt einen Teufel mit rotgefärbten Pfeifenreinigern für Arme und Schwanz, einem Teufelsumhang aus rotem Plüsch und einer Astforke heraus. Fragend streckt er ihn ihr entgegen. Sie nickt. Er kommt mit einer kleinen braunen Papiertüte wieder heraus und gibt ihn ihr.

»Sie sollte einen Partner haben«, sagt er.

Er hat die Photos selbst entwickelt. »Ich wußte gar nicht, daß du eine Dunkelkammer hast.«

»Hinter der Garage.« Er wartet ungeduldig, während sie sie anschaut. »Die schwarzweißen sind die interessanteren, findest du nicht auch? Damit kann man mehr anfangen.«

»Die Bäume und Felsen sind gut. Wirklich.«

»Was ist mit denen da?«

»Ich habe Angst, sie mir anzusehen. Ich hasse Bilder von mir.«

»Warum denn?« fragt er verwirrt.

Da sitzt sie, auf seinen Knien. Da ist das ernste Bild. Und sie, allein. Sie haßt Bilder von sich erst, seit sie Eric geheiratet hat. Damals hatte es angefangen. »Lächle!« pflegte er zu sagen, und später meinte er dann gereizt: »Warum kannst du dich vor der Kamera nicht einfach entspannen? Schau mal, dieses hier hast du verdorben. Du mußt es eben einfach noch lernen.« Es gelang ihr nie.

Diese Bilder sind anders. Er hat sie mit liebevollen Augen betrachtet. »Kann ich sie behalten?«

»Ja, du kannst sie behalten«, sagt er.

Das eine Bild von ihnen beiden, auf dem sie lachen, stellt sie in einen Rahmen neben ihr Bett. Manchmal, wenn er nicht da ist, verharrt sie davor. Ungläubig. Das bin ich. Das ist er.

5

Die ältere Frau muß die Lehrerin sein. Alyson wäre froh, wenn sie nie mehr irgend jemandem etwas beibringen müßte. Und ganz bestimmt will sie Tom nichts beibringen, nicht die Fleißarbeit im Klassenzimmer auf die Stunden übertragen, in denen sie einander in den Armen liegen. Und sie kann ihm auch nichts beibringen. Was sie in ihrer Ehe über körperliche Dinge gelernt hat, möchte sie nur vergessen. Nichts, was sie vor dieser Geschichte wußte, bedeutet jetzt noch etwas. Nichts vorher war so sanft, süß, und, ja, so klug. Sie hat niemals jemanden wie Tom gekannt, niemanden, der je soviel von ihr wissen wollte, niemanden, der so bereit war, alles von sich zu enthüllen. Sie erfährt alles über Tom, und er ist endlos.

Sie muß sich nur fernhalten.

»Louise will dich zum Abendessen einladen«, sagt er eines Freitags.

»Ich kann nicht kommen.«

»Nein«, sagt er. »Wir können uns nicht vor allen anderen ansehen. Das geht nicht.«

Das alles geht überhaupt nicht.

»Sechzehn Jahre, neun Monate. Jetzt dauert es nicht mehr lange«, sagt er, die Hände hinter seinem Kopf auf dem Kissen verschränkt.

»Was passiert dann?« fragt sie träge, an seine Brust und in seine Armbeuge mit den feinen hellbraunen Härchen gekuschelt.

»Dann kann ich den vorläufigen Führerschein machen.«

»Für was?«

»Für ein Motorrad.«

»Du bekommst ein Motorrad?« ruft sie entsetzt aus.

»Louise findet es auch nicht gut.« Er grinst. »Sei doch nicht so. Du mußt einen Kurs machen, weißt du. Und da lernst du dieses ganze Sicherheitszeugs. Und im ersten Jahr darfst du nur eine 250er fahren. Toby sagt, ich kann eine Honda haben.«

»Dann ist Toby ein Idiot.«

»Komm schon, möchtest du etwa nicht gerne auf dem Beifahrersitz mitfahren?«

»Nein.«

Er sagt nicht, dann muß ich mir ein Mädchen suchen, das das mitmacht. Nicht mal, um sie zu necken.

Er ist sechzehn Jahre und neun Monate, als es passiert. Es mußte passieren. Nicht sofort, nein. So lange hat es immerhin gedauert.

Er hat seinen Zweitageskurs zum frühestmöglichen Zeitpunkt gemacht. Er hat seinen vorläufigen Führerschein und sein Motorrad bekommen. Sie hat es bisher noch nicht gesehen. Und nun, spät am Samstag abend steht er vor der Tür, die sie in ihrem alten Frotteebademantel aufgemacht hat, mit seinem Helm in der Hand. Er ist doch bestimmt vorher noch nie im Dunkeln gefahren?

»Ich wollte dich nicht erschrecken«, sagt er. »Deshalb habe ich geläutet.«

Sie blickt in sein angespanntes Gesicht, und ihr wird schlecht. »Sie wissen es.«

»Ich bin schuld, ich habe eins behalten.«

»Eins von den Photos.«

»Nur von dir.«

Sie legt den Finger an die Lippen und ruft sich das

Photo ins Gedächtnis. Es ist völlig respektabel, sie ist vollständig angezogen. In einem flauschigen Sweater mit einem Kragen, der bis ans Kinn hochgezogen ist. Aber ihre Haare sind feucht. Von der Dusche. Wo sie sich geliebt hatten. Wo Tom … Außerdem war auf jedem dieser Bilder eine winzige Ecke zu sehen. Nur ein Schatten. Aber unmißverständlich ein Bett.

Er geht an ihr vorbei ins Zimmer, schließt die Tür. »Ich habe nichts gesagt. Mit dem Motorrad war ich schneller als sie. Aber ich denke, sie werden bald hier sein. Es tut mir leid, Aly.«

»Du hast keine Schuld.«

»Ich will auch nicht, daß sie dir die Schuld geben«, sagt er. Er legt den Helm vorsichtig auf einen Stuhl.

»Ein sehr schöner Helm«, sagt sie.

»Genauso, Aly. Bleib cool. Was können sie schon machen?«

Das ist wahre Kühnheit.

Ich muß diesen schäbigen Bademantel ausziehen, denkt sie plötzlich voller Panik. Aber da läutet es schon an der Tür. Keine Zeit mehr.

Sie hat sie lange nicht mehr gesehen, aber daran allein liegt es nicht, daß sie ihr wie Fremde vorkommen.

Eric hat immer bewundernd von Tobys Fähigkeiten als Staatsanwalt gesprochen. Sie konnte das nie erkennen. Jetzt kann sie es. Das muß sein Berufsgesicht sein.

Louise wirkt wie eine Furie.

Sie sagt nichts. Sie kann nicht reden, denkt Alyson. Aber sie möchte gerne. Ihr Augen sind unnatürlich groß, treten fast vor, vor lauter Anstrengung, etwas sagen zu wollen.

»Was ist hier los, Alyson? Ich gebe dir die Chance, es uns zu erzählen. Jetzt.« Toby geht um Tom herum und weist mit dem Finger auf ihn. »Du hältst den Mund!«

Tom ignoriert ihn und wendet sich an Louise: »Du hast in meinen Sachen herumgeschnüffelt! Dazu hattest du kein Recht!«

Er lenkt ihre Aufmerksamkeit auf sich.

»Es hätten ja auch Drogen oder sonstwas sein können! Als deine Mutter habe ich jedes Recht!«

»Drogen?« Er ist fassungslos, aber Alyson ist die Sache ganz klar. Zuspätkommen, Zerstreutheit, Zurückgezogenheit. Nicht wie der normale Tom. Warnzeichen.

»Kein Recht!« Endlich ist Louises Zunge befreit, aber es ist nicht Louises Stimme. Sie klingt trocken und brüchig. »Kein Recht! Ich habe das Recht, und ich habe die Verantwortung! Glaubst du, du hast das Recht, uns zu hintergehen? Uns zu täuschen?«

»Hätte ich es dir sagen sollen? Oder Aly vielleicht?« Schweigen entsteht, während jeder von ihnen sich diese Szene ausmalt. »Ich nenne es nicht Täuschung«, sagt Tom. »Ich nenne es Privatsphäre.«

Toby explodiert. »Erzähl mir nichts von Privatsphäre, du geile halbe Portion! Müssen wir uns alles gefallen lassen? Wir sind immerhin diejenigen, die dich großziehen! Und das auch noch verdammt gut!«

»Ist *das* dein Problem? Meinst du, ich gehöre euch?«

Das ist die klassische Situation, denkt Alyson und hält mit beiden Händen den Kragen ihres Bademantels fest, damit er nicht aufspringt. Abgesehen von mir. Aber zu mir werden sie gleich noch kommen.

»Von wem ist denn schließlich dieses Motorrad da draußen? Sag mir das!«

»Nimm dein Motorrad wieder zurück.«

»Sei nicht so verdammt blöd!«

»Ich möchte wissen ... wie lange ... das schon geht.« Zwischen den einzelnen Wörtern atmet Louise scharf und flach.

»Ich war sechzehn.« Er sagt nicht, ich habe gewartet. Das geht sie nichts an.

»Glaubst du, du kannst alles tun, nur weil du sechzehn bist? Einschließlich der Großtat, eine fette Hexe zu ficken, die doppelt so alt ist wie du?«

Toby, der Alyson wie um Bestätigung heischend angesehen hat, blickt rasch wieder weg.

»Du solltest nicht so über Aly reden«, sagt Tom. »Ich vergesse das nicht. Aber du hast es einigermaßen erfaßt. Es ging nicht von ihr aus, sondern von mir.« Alyson schließt die Augen, und als sie sie wieder öffnet, ist Louises Blick auf sie gerichtet. Niemand hat sie jemals so angesehen.

»Es ging nicht von ihr aus. O nein, natürlich nicht. Was hast *du* denn schon darüber gewußt?«

Die Verachtung in ihrer Stimme läßt ihn unberührt. Er muß noch einen Punkt loswerden, und darauf konzentriert er sich. »Ich werde es allen erzählen, wenn ihr wollt. Wenn ihr Aly angreift, verschwendet ihr eure Zeit.«

Will nicht endlich jemand sagen, wir sollten uns wie zivilisierte Menschen betragen, oder, was sollen wir jetzt bloß tun?

Louise schaut sich suchend im Zimmer um. Ihr Blick bleibt an etwas hängen. Zuerst glaubt Alyson, sie sei es und packt den Kragen ihres Bademantels fester, aber dann merkt sie, daß es etwas hinter ihr sein muß. »Mein Gott!« keucht Louise.

Auf dem Kaminsims stehen die Bergteufel, die Ballerina, aus ihrem jahrelangen Schlaf erlöst, in ihrem schäbigen weißen Tutu, und ihr Partner, der rote Teufel. Tom albert gerne mit ihnen herum. Manchmal verschlingt er ihre Pfeifenreinigerarme miteinander, so daß sie sich umarmen oder zusammen tanzen. Als er das letzte Mal hier war, legte er sie hin, die Ballerina auf dem Teufel, so daß sich ihre Dornenmäuler berührten. Sie fand sie so, als er gegangen war, und mußte lachen. Sie ließ sie dort liegen, wo sie waren, vor ihren Bildern: der Tomate, der Rose, dem jungen Mann.

Louise stürzt sich auf das Arrangement, packt die Puppen und zerdrückt sie in der Faust. Dann wirft sie sie mit einem angeekelten Laut und all ihrer Kraft in den leeren Kamin. Sie dreht sich um und stürmt wütend vorwärts, als wolle sie auf der Suche nach weiteren Eindeutigkeiten ins Schlafzimmer vordringen.

Tom stellt sich vor sie. »Hinaus!« brüllt er.

Toby schiebt sich dazwischen und reckt Tom drohend sein Gesicht entgegen. »Wag es ja nicht!« Zugleich versperrt er mit ausgestrecktem Arm Louise ebenfalls den Weg, aber so, als wolle er sie vor weiterem Entsetzen bewahren.

Es gibt nur kein Entsetzen, das gab es noch nie.

Plötzlich überkommt Alyson eine Erinnerung. Ein sonniger Garten, ein aufblasbares Planschbecken, zwei nackte Kinder, und die Stimme einer jüngeren Louise, ernsthaft, didaktisch, unschuldig: »Ich halte sie nie davon ab, sich selbst zu berühren, Alyson. Kinder haben das Recht, ihre Sexualität auszudrücken.« Sie spürt, wie hysterisches Gelächter in ihr aufsteigt und herauszuplatzen droht. Was wird Tom dann von ihr denken?

So plötzlich, wie es aufgestiegen ist, verschwindet es auch wieder.

Louises Gesicht ist ganz verzerrt vor Schock. Und Scham. Das, denkt Alyson, wird sie zwar Tom verzeihen, aber mir nie. »Alyson.« Zum ersten Mal richtet sie das Wort an mich. Das ist Louises eigene Stimme, allerdings geborsten vor Wut. »Hast du nie – nicht einmal wenigstens – darüber nachgedacht, wie ich mich dabei fühle?«

Sie kann die Antwort wohl auf ihrem Gesicht lesen.

Nein, nicht einmal.

»Du kommst mit uns nach Hause«, sagt Toby zu Tom. »Das Motorrad kannst du hierlassen.«

»Ich komme nicht mit.«

»Du hast keine Wahl, mein Sohn!« Sohn. Bis jetzt war diese Anrede zu traditionell für Toby und seinen Sohn.

»Genau das habe ich doch. Ich bin sechzehn.«

Sag was.

»Ihr hattet euren Auftritt«, sagt sie, ohne den Bademantel loszulassen. Ihre Stimme klingt in ihren eigenen Ohren so, als habe sie sie seit Jahren nicht mehr benutzt. »Aber dies hier ist meine Wohnung. Wenn Tom bleiben möchte, bleibt er. Und ihr beide … bitte, geht jetzt.«

»Wenn er bleibt, braucht er nie mehr nach Hause zu kommen.«

»Sag nichts, was du später bereuen würdest, Toby.« Jetzt türme ich auch schon Klischees auf. Und dabei sind wir doch alle in der Überzeugung aufgewachsen, daß es nichts Schlimmeres als Klischees gibt.

Louise, die jetzt offen weint, streckt eine Hand aus und berührt Tom am Arm. »Oh, Liebling.«

Tom ist so weiß im Gesicht, wie er kurz vorher noch rot war. Er steht ganz still, unnachgiebig.

Und ich dachte, das meiste hätte ich zu verlieren.

Er holt die Teufel, richtet ihre Pfeifenreinigerarme und glättet den Rock der Ballerina mit dem Zeigefinger. »Viel kann man bei einem Bergteufel nicht kaputtmachen«, sagt er. Dann stellt er sie wieder auf das Kaminsims, aber dieses Mal läßt er sie beide züchtig stehen, die Arme einander um die Taille gelegt.

Sie holt eine Flasche Sherry und gießt zwei Gläser ein.

»Das ist doch nicht das süße Zeug, oder?«

»Er ist ganz trocken.«

Er blickt auf das Glas in seinen Händen und fragt: »War das die schlimmste Nacht deines Lebens?«

»Nein.« Was soll sie sagen? »Die war, als mein Mann mich geschlagen hat.« Eigentlich hat er mich nicht geschlagen, er hat mich an den Haaren gepackt und mich mit dem Kopf an die Kante des Kühlschranks geschleudert. Sie blickt ihn über den Tisch an. Er fragt sie nicht, das würde er nie tun. Er weiß genug, und er weiß, daß es sie mitnimmt, darüber zu reden. Und ihm alles zu erzählen, um all seine Zärtlichkeit und seinen Beschützerinstinkt ihr gegenüber zu wecken, ihn mit einer Erzählung aus der Vergangenheit zu belasten, wäre unverzeihlich, weil einfach zwecklos.

Nach einer Weile sagt sie: »War es *deine* schlimmste Nacht?«

»Nein. Das war der Abend, an dem Großvater Daniel auf dem Tennisplatz vor meinen Augen gestorben ist.« Das hatte sie ganz vergessen, diesen schweren Herzanfall auf dem Tennisplatz. »Er spielte gerne, wenn es etwas kühler war. Ich mochte das auch, die Lichter, die Insekten, die Dunkelheit um uns herum. Er hatte mir gerade einen Aufschlag geschickt. Und dann ist er zu Boden gestürzt. Aber jetzt bin ich hier mit dir. Also, wie kann es schlimm sein?«

Im Bett denkt sie zunächst, sie kann nicht. Aber sie tun es doch, zögernd zuerst, und dann mit einer Art feierlicher Freude. An einem Punkt denkt sie sekundenlang an Louise, die bestimmt die ganze Nacht über wachliegt. Aly, sagt er, Aly. Meine Aly. Und der Gedanke ist wieder weg.

Am Morgen ist sie erschöpft, und er ist still. Sie fahren zum Haus seiner Eltern, und sie wartet im Auto, während er seine Sachen holt.

Griselda kommt und stützt sich mit den Ellbogen an das offene Fenster. »Ich muß aufrichtig mit dir sein«, sagt sie.

»Das brauchst du nicht, Griselda, wenn du nicht möchtest.«

»Ich finde es stark«, sagt Griselda unbekümmert. »Aber ich bin auch sauer, täusch dich da nicht.« Sie beißt sich ein Hautfetzchen am Finger ab und spuckt es aus. »Doch schließlich ist ja keiner gestorben. Man könnte fast meinen, es wäre so. Ich meine, ich hab' zu ihnen gesagt, macht euch nichts draus. Schließlich ist er nicht tot.«

»Das war sicher hilfreich.«

Tom kommt mit einem Armvoll Kleidungsstücken wieder und wirft sie auf den Rücksitz. »Mach dich nützlich«, sagt er zu Griselda. »Geh und hol meine Kamera und das andere Zeug aus der Dunkelkammer.«

»Du hast mir gar nichts zu sagen. Vor allem jetzt nicht.«

Er blickt sie an, und sie geht.

Das Auto füllt sich. Kisten voller Bücher, Papiere und CDs. Sein Computer, sein Scanner und sein Drucker. Die Gitarre und die Laute. »Die halte ich vorne fest«, sagt er.

»Kann ich dein Zimmer haben?« fragt Griselda.

»Wenn du versprichst, zu tun, worum ich dich gebeten habe, kannst du es haben.«

»Wie oft in der Woche?«

»Jeden zweiten Abend. Vergiß es nicht.«

»Erdbeer, richtig?«

Sein Opossum. Wie hätte er es vergessen können? Schließlich ist er Tom.

»Tom?« sagt sie verzweifelt. »Triff jetzt bloß keine falschen Entscheidungen.«

»Ich gehe nie mehr zurück«, erwidert er.

»Hast du sie gesehen?«

»Nein.«

»Aber sie sind doch da?«

»In ihren Arbeitszimmern.«

»Wäre es nicht besser, du würdest mit ihnen reden?«

»Nein.«

»Hätte nicht viel Sinn«, stimmt Griselda zu. »Vielleicht später.« Plötzlich fällt sie ihm um den Hals. »Sieh nur, was du getan hast, Aly«, schluchzt sie an seinem Arm.

»Das will ich nicht von dir hören.« Er klingt wie Toby. »Ich hoffe nur, daß du glücklich bist.«

Louise taucht auf der vorderen Veranda auf. »Griselda!«

»Geh!« sagt er zu ihr. Sie geht, so schnell, wie sie alles tut, und Louise verschwindet wieder.

Alyson versucht, das Auto zu starten, und läßt es zweimal absaufen, aber schließlich fahren sie los.

Er hat die Gitarre zwischen den Knien und die Laute irgendwie im Arm. »Weißt du, was eine Vihuela ist?« fragt er sie. »Es ist eine Mischung zwischen einer Gitarre und einer Laute. Spanische Volksmusik aus dem sechzehnten Jahrhundert. Wenn ich jemals soviel Geld haben sollte, lasse ich mir eine bauen.«

»Daß du ausziehst, erspart dir eine Menge Ärger.«

»Das finde ich auch«, sagt er. »Gott sei Dank habe ich aufgehört, Klavier zu spielen. Es ist schon in Ordnung, Aly, ist wirklich in Ordnung. Bitte. Sieh einfach auf die Straße.«

Demonstrativ stellt er sein Rasierzeug ins Badezimmer. Sie macht ihm im Kleiderschrank Platz für seine Sachen. Er hängt sie auf, einschließlich seiner Schulhosen und -jacketts. Jetzt ist es schon viel zu spät für das komische Gefühl im Magen. Seine Hemden sind alle weiß, und alle seine normalen Hosen, selbst die Blue Jeans, sind modisch geschnitten. Das ist modern, ebenso wie der Haarschnitt, hinten und an den Seiten kurz, und oben auf dem Kopf lang und fast in der Mitte gescheitelt. Es sieht ein bißchen so aus wie auf den Photos, die ihre Mutter von ihrem Großvater als jungem Mann hat. Als sie ihm das sagt, nickt er zufrieden. Das ist der Retro-Look, sagt er.

In dem kleinen zweiten Schlafzimmer, in dem sie ihre Nähmaschine und andere Dinge, die sie nicht so häufig benutzt, aufbewahrt, steht ein Tisch, und dort installiert er seinen Computer. Er hat für alles eine Software. Das ist CAD, sagt er, computerunterstütztes Design, ein spezielles Programm, um Gebäude zu entwerfen. Aber er zeigt ihr auch das leinengebundene Skizzenbuch, in dem er auf die altmodische Art, von Hand, zeichnet. Ganze Seiten sind voll mit architektonischen Details aus Italien: Bögen, ziselierte Scharniere, Fensterrahmen. Manche hat er in zarten Farben überpinselt. »Hier habe ich dein Photo aufbewahrt«, sagt er bedauernd. »Zwischen diesen beiden Seiten. Wegen der Blumen in der Schnitzerei.«

»Wo ist es jetzt?«

»Louise hat es zerrissen.« Sie weiß zwar nichts über die Szene vor der Szene, kann es sich aber nur allzu gut vorstellen.

Sie legt das Skizzenbuch weg. »Louise war für mich immer eine gute Freundin.« Sie denkt an die Zeit, als sie sich endlich entschlossen hatte, Eric zu verlassen. Das Tier! sagte Louise. Versuch bloß nicht, Entschuldigungen für ihn zu finden. Seine Kindheit, seine Komplexe! Du hast allen Grund, ihn zu hassen. Das war ein guter Rat.

Tom sagt unverblümt: »Du brauchst dich nicht schlecht zu fühlen. Sie hat Toby beschuldigt, mit dir zu schlafen.

Aber ich wußte schon immer, daß das Quatsch ist«, fügt er hastig hinzu.

»Das war auch Quatsch!«

»Ich sagte doch, daß ich es wußte. Er hat Haare in den Ohren. Ich versuche nur, dich aufzumuntern.«

»Danke«, sagt sie. »Ich verstehe.«

»Sie ist keine schlechte Mutter.« Er beißt sich auf die Lippe. Jetzt hält er sich für illoyal.

»Natürlich ist sie das nicht, Tom.«

»Nicht nur im allgemeinen Sinn, das weiß jeder, daß sie das alles gut macht. Sie begreift schneller als die meisten anderen, und sie hat mich nie in Verlegenheit gebracht.«

»Das ist wichtig.« Louise und ich werden nie wieder wie früher miteinander reden können, denkt sie. Das ist jetzt endgültig vorbei.

»Absolut«, antwortet er. »Sie war nie wie … ich habe zum Beispiel einmal bei einem Jungen zu Hause gespielt, und seine Mutter kam raus und sagte: ›Was haltet ihr von meiner neuen Bluse?‹ Sie hat ihre Titten gemeint. Jedesmal war irgendso etwas. Oder sie hat es so gedreht, daß sie dich irgendwie anfassen konnte. Er hat mir leid getan.« Er denkt nach. »Das kommt gar nicht so selten vor, weißt du.«

»Tatsächlich.«

»Ich habe Louise oft … sehr geschätzt.« Er fährt mit den Fingerspitzen über den Einband des Skizzenbuchs. »Sie hat mir das hier geschenkt. Es ist das beste italienische Papier, Fabriano. Es nimmt wundervoll Aquarellfarben an. Aly, was sie gestern abend gesagt hat… Was sie getan hat. Früher war sie nie so.«

Später im Bett sagt er: »Ich nehme an, Dad hat dich angebaggert.«

»Oh, Tom, es war nichts.«

»Ich weiß, was es war. Er macht das mit allen Frauen, jedenfalls mit denen, die nett aussehen, aber er hat keine spezielle Vorliebe für einen Typ oder so. Er hat es Mum ganz schön schwer gemacht, Aly. Sie hat nicht aufgegeben, sie hält einiges aus. Manchmal denke ich – obwohl ich es wahrscheinlich besser lassen sollte –, daß sie im Vergleich zu dir hart ist. Aber es muß auch ganz schön schlimm gewesen sein. Kennst du Katie? Mum hat ihn erwischt, als er sie in der Küche küßte. Zelda war dabei, sie hat's mir erzählt. Sie hat gesagt, sie hat sich nicht besonders gewehrt.«

»*Katie* hat sich nicht gewehrt?«

»Nein. Na ja, ich glaube nicht, daß der alte Brian so viel hergibt, oder? Obwohl ihm Zelda lieber aus dem Weg geht.«

»Sie geht Brian aus dem Weg?«

»Vor allem, als sie jünger war. Er hat immer versucht, sie alleine zu erwischen, und wenn ich zufällig dazukam, war er regelrecht irritiert. Er hat immer Sachen gesagt wie, ach komm, Zelda, zeig mir doch mal dein Puppenhaus. Tom, hast du nichts anderes zu tun? Das war immer so seine Methode«, erklärt er. »Du kennst doch das Puppenhaus?«

»Das von deiner Großmutter?«

»Es ist ein Modell aus der Föderationszeit. Es muß ein Vermögen gekostet haben, als es neu war. Ich habe es für Zelda renoviert, ein Musikzimmer und ein Schwimmbad eingebaut, ohne allerdings seinen grundlegenden Charakter zu zerstören. Ich habe mich mehr damit beschäftigt als sie. Na ja, jetzt macht sie ja nur noch Karate und ist nicht mehr so schüchtern. Also ist Brian auch kein Problem mehr.«

»Gut.«

»Aly? Wegen Toby. Glaub bitte nicht, daß ich so werde wie er. Ich will das nicht. Ich werde nie so sein. Obwohl ich versucht habe, dich in der Küche zu küssen.«

Das war es, was er ihr sagen wollte.

Wieso weiß er so viel? In seinem Alter habe ich höchst selten über das Leben meiner Eltern nachgedacht. Was Mum und Dad über irgend etwas wußten, hatte nichts mit mir zu tun. Ich ging zum Schlittschuhlaufen mit einem Jungen, wir liefen zu Rockmusik immer im Kreis herum, wobei ich die hellroten Flecken auf dem Eis vermied, wo jemand hingefallen war, und er hatte den Arm um meine Taille gelegt. Oder wir gingen auf eine Party und schwitzten beim engen Tanzen, und die Eltern von jemand anderem, irgendwelche Nobodys, lauerten vor der Tür zu dem abgedunkelten Zimmer. Vor unserem Haus küßte er mich, setzte mich auf den Baumstumpf neben der Haustür und schob seine Hände unter meine Bluse, aber die Kälte im Winter oder die Moskitos im Sommer durchkreuzten seine Pläne, und dann kam Mum heraus in ihrem Morgenmantel, das Gesicht glänzend vor Creme und mit Lockenwicklern in den Haaren. Ein netter Junge, sagte sie zu jedem, der es hören wollte, und ich sagte immer, Mum, er ist so langweilig wie nur was. Und schließlich mußte ich jemanden heiraten, der gefährlich war.

»Sie redet dauernd davon, wie gut Toby aussieht. Fast so, als ob sie ihn auf einen Sockel stellte. Findest du auch, daß er gut aussieht?«

»Trotz seiner haarigen Ohren? Ja.«

»Vielleicht sehe ich dann in seinem Alter auch gut aus.«

»Du siehst jetzt schon gut aus.«

»Nein, tue ich nicht. Ich bin jung, das ist was anderes. Warte lieber ab.«

Sag das doch nicht, Tom.

Sie schläft schon halb, als er fragt: »Aly? Wie findest du, was er zu mir gesagt hat?«

»Unfair. Du bist nicht klein, und du bist ganz bestimmt keine halbe Portion, Tom«, erwidert sie schläfrig.

Sie hört ihn im Dunkeln lachen und muß auch lachen. Mit einer leichten Bewegung hebt er sie auf sich und sie wird, immer noch lachend, wach gestoßen. Er zieht ihren Kopf an den Haaren nach hinten, und sie jubelt über Toms Angriff, über seinen Mund, der von ihrem Ohrläppchen bis zu ihren Lippen gleitet, über ihren Instinkt, der ihr die Kraft gibt, sich noch lange nach dem Orgasmus wild auf ihm zu bewegen bis zu dem Augenblick, in dem ihr beider Lachen aufhört. Schwer fällt sie auf seine Brust, träge, seine Hände sind immer noch in ihren Haaren und seine Küsse, die jetzt sanft sind von seinem Sieg, liebkosen ihre Augenlider, die sie vor lauter Müdigkeit nicht mehr öffnen kann.

Als der Wecker schrillt, öffnet sie die Augen. Montag. Schule, als ob sich nichts verändert hätte. Sie sinkt auf das Kissen neben Tom zurück, der sich nicht gerührt hat. Heute morgen kann ich ihn noch einmal ansehen. Und morgen früh auch. Bis … ich weiß nicht wann.

Und dann denkt sie: Ich habe es noch nie in meinem Leben lachend getan. Ich wußte gar nicht, daß man das kann.

6

Er geht ruhig zur Schule, und ruhig arbeitet er in dem kleinen Zimmer, wo er über dem Tisch, der zu seinem Schreibtisch geworden ist, ein Poster vom Kolosseum aufgehängt hat, dazu ein Bild von einer Harley Davidson, das er aus einer Zeitschrift ausgeschnitten hat, und ein paar Cartoons, die ihr nicht besonders witzig vorkommen. Sie handeln jedoch größtenteils von Computern, also versteht sie sowieso nichts davon. Manchmal arbeitet er bis spät in die Nacht, viel länger, als sie es durchhält, wenn sie morgens früh aufstehen muß. Wenn er dann nackt neben ihr ins Bett schlüpft, nachdem er seine Jeans und sein T-Shirt auf einen Haufen neben das Bett geworfen hat, wo sie liegenbleiben, bis entweder sie beschließt, etwas daran zu ändern, oder er sie wieder braucht, was schneller passiert, flüstert er oft noch: »Aly?« oder er fängt einfach an, sie zu lieben, erregt sie aus ihrer Schläfrigkeit heraus und treibt sie in eine andere Art von Unbewußtheit. Morgens macht das für ihn keinen erkennbaren Unterschied, für sie allerdings schon. Wenn er mal nachmittags einschläft, schläft er so tief, daß nichts ihn wecken kann. Wie ein Kind.

Er nimmt weiterhin seine Lautestunden. Sein Lehrer sagt nichts, also wird er wohl weiter bezahlt. Was seine Ausbildung angeht, so ist er nicht von der Familie getrennt, und er hält sich auch daran. An den meisten Tagen übt er. »Du hast gesagt, du wolltest es hören. Es ist doch nicht zu langweilig, oder?« Überhaupt nicht. Sogar die ständige Wiederholung von Tonfolgen klingt in ihren Ohren wundervoll. Sie begleitet ihr Leben.

Manchmal sitzt sie da, tut so, als würde sie lesen und beobachtet ihn: seinen aufmerksamen Gesichtsausdruck, seine Hände.

Oder sie kocht. Als sie eines Abends in der Küche steht und Bohnen aushülst, hört sie ihn singen. Sie kennt das Lied nicht, sie kennt keins der Stücke, die er spielt. *Amarilli mia bella*... das ist leicht ... War Amaryllis nicht eine Nymphe oder eine Schäferin oder irgend so etwas? *Amarilli e'l mio amore*... er lernt es gerade, weil er an manchen Stellen aufhört und neu beginnt, oder etwas anderes versucht ... *o del mio cor dolce desio* ... o süße Lust meines Herzens ... meines Herzens Entzücken. Seine Stimme ist noch Tenor, mit einer ungeübten heiseren Note. Dieses Lied ist das hübscheste, was sie je gehört hat. Sie legt das Messer nieder und versucht ihre Tränen mit dem Taschentuch zurückzuhalten.

Nach einer Weile hört er einfach auf, kommt in die Küche und fragt, ob er ihr irgend etwas helfen soll. Anscheinend merkt er nicht, daß sie geweint hat, oder er glaubt, es läge an den Zwiebeln.

Am Anfang hat sie zu ihm gesagt, sie sei keine besonders gute Köchin. Und er antwortete, das ist schon okay, dafür kann ich gut kochen. Eigentlich ist keins von beidem ganz wahr. Sie kocht Hausmannskost, wie ihre Mutter, und er hat Louise ein paar von den einfacheren Rezepten und ihren Tricks abgeschaut. Seine Pasta ist, wie bei Louise, immer al dente. Sie weiß jetzt, warum Louise so oft Pasta macht. Es kommt daher, weil er so viel ißt. Während sie daran gewöhnt war, nach Hause zu kommen und sich Ei auf Toast zu machen, kommt er immer vor Hunger um. Musik mag ja die Nahrung der Liebe sein, denkt sie und schnieft die letzten Tränen weg, aber Essen ist auch die Nahrung der Liebe.

Auch sie geht in die Schule, aber nicht so ruhig. Dort

hat ein Ausbruch von Vandalismus stattgefunden. Es hat angefangen mit Graffiti und Farbklecksen auf der Wand. Dann gab es während der Nacht auf einmal kleine Feuer.

Offiziell heißt es, es seien irgendwelche verstörten Elemente von draußen eingedrungen, aber es sind natürlich Schüler, die sich irgendwie hereinschleichen und solche Dinge machen. »Sie zeigen uns ihre Wertschätzung auf die einzige Art und Weise, die sie kennen«, sagt jemand im Lehrerzimmer, und alle lachen. Es ist Rache. Für was? Für irgendeine schon vergessene Fehlbehandlung? Oder für etwas ganz anderes, irgendeine Katastrophe oder Gewalthandlung in einem der hübschen Häuser an den rasengesäumten Straßen um die Schule herum?

Und doch muß sie sich schützend vor sie stellen. Sie kann nicht anders. Wenn Tom sagt: »Weißt du, die Mädchen an deiner Schule haben keinen besonders guten Ruf«, dann erwidert sie: »Was fällt dir ein, so was zu sagen? Das ist ziemlich sexistisch.« Daraufhin wird er rot und murmelt: »Tut mir leid.« Er redet wenig von seiner Schule, die ganz anders ist als ihre, mit einer Kapelle und dem Chor und den zahlreichen Gärtnern. Gelegentlich gibt er freiwillig einen allgemeinen Kommentar von sich, wie zum Beispiel, daß seine Lehrer nicht über Popmusik diskutieren, oder sich zumindest auf die Beatles und Dinge, über die sie Bescheid wissen, beschränken sollten, weil sie, wenn sie versuchten, gleichzuziehen, immer noch zwei Gruppen hinterherhängen und sich lächerlich machen würden. Aber sonst hört sie nur wenig von ihnen. Als er eines Tages eine Geschichte erzählt, in der es darum geht, wie das Haus von jemandem verwüstet wurde – Badezimmer, Musikzimmer mit Flügel und so weiter, auf einer Party, als die Eltern abwesend waren – und wie dann nach den Schuldigen gesucht wurde, freut sie sich eigentlich sogar. Dann ist also nicht alles nur sanft und leicht in der Bastion der Privilegierten, für die Toby und Louise immer noch zahlen.

Sein Lebensstandard hat einen Dämpfer erhalten. Statt der gewohnten Aussicht auf Bäume gibt es hier nur einen kleinen Balkon. In der Wohnungsanzeige damals hatte etwas von »Hafenblick« gestanden, was bedeutet, daß man, wenn man sich an der äußersten Ecke des Balkons den Hals verrenkt, einen schmalen Streifen Blau sieht, der allerdings fast ganz von einem Benzintank verdeckt wird. Aber die Loris kommen bis auf den Balkon, und ein paar von ihnen kennen ihn bereits. Sie krallen sich in die Kanten ihrer hängenden Blumentöpfe, bunter als die Blumen, legen die Köpfe schräg und krächzen ungeduldig, bis er mit einer Handvoll Samen herauskommt. Für seine eigenen Bedürfnisse, hauptsächlich Benzin für das Motorrad und seine Computerzeitschriften, scheint er seine Ersparnisse zu verwenden. Wofür sie ursprünglich gedacht waren, sagt er ihr nicht. Aus der Bücherei holt er sich stapelweise dicke Bücher über Gebäude, Brücken und Städte.

Sie muß auch zu Hause arbeiten. Eines Abends korrigiert sie Klassenarbeiten, und er steht hinter ihr und ißt eine der kleinen Zwischenmahlzeiten, die er von Zeit zu Zeit nach dem Abendessen braucht. Er streicht sich die Erdnußbutter dicker aufs Brot, als sie je für möglich gehalten hat, und läßt das verschmierte Messer einfach so auf der Anrichte liegen. Wenn sie es ihm sagt, spült er es pflichtschuldig ab, genauso, wie er ihr gerne beim Spülen und Abtrocknen hilft, wenn sie ihn darum bittet, Aber er ist bereits aus dem Alter heraus, in dem er noch lernen würde, selbst die Notwendigkeit wahrzunehmen. Eine Sache jedoch, an die er denkt, ist Hemden zu bügeln. Da scheint er ein besonderer Fall zu sein. Doch das

Bügeleisen läßt er anschließend einfach stehen. Sicher wollte Louise gerne ihren Sohn dazu erziehen, daß er auch Hausarbeit macht, sie hat es jedenfalls oft genug gesagt, aber sie war wahrscheinlich einfach zu beschäftigt, und die Tatsache, daß jede Woche ein vietnamesisches Ehepaar in das Haus am Hafen kommt, um sauberzumachen, hat auch nicht gerade dazu beigetragen.

Er blickt ihr über die Schulter. »Oh, Tiffany«, sagt er. Alyson blickt auf den mit Schnörkeln verzierten Namen, in dem die Punkte durch Gänseblümchen ersetzt sind. Bei »T«, »ff« und »y« hat sie keine Mühen gescheut, bei den Antworten auf die Fragen jedoch um so mehr.

»Kennst du sie?«

»Sie ist eine Freundin von mir.« Spürt sie Vorsicht in seiner Antwort?

»Ein hübsches Mädchen.« Warum habe ich das gesagt?

»Es mangelt ihr nicht an Freunden. Kann ich mal sehen?«

»Nein. Geh weg.«

Eifersüchtig auf Tiffany? Sie blickt wieder auf die Arbeit, findet ein paar Dinge, die sie zu Unrecht angestrichen hat und die man auch als halbwegs richtig bezeichnen könnte, und setzt die Note ein paar Punkte herauf, einfach nur um sicherzugehen.

Auch das mußte passieren.

Sie hat gebetet, ihr Geheimnis bis zum Ende des Jahres bewahren zu können, zumindest in der Schule. Weiter hat sie nicht gedacht. Es wäre albern zu glauben, daß es irgend etwas anderes als nur eine Frage der Zeit wäre. Aber bitte, laß wenigstens diese Wochen in Frieden vorübergehen.

Nach der letzten Stunde des Morgens taucht auf einmal Tiffany aus dem Nichts auf und verstellt ihr den Weg. »Sehen Sie mal«, sagt sie.

Was tut das Mädchen da? Sie greift in den Ausschnitt ihrer Uniformbluse. Langsam, um sie nicht zu zerreißen, zieht sie eine Goldkette unter dem Peter-Pan-Kragen vor. Zwischen Zeigefinger und Daumen hält sie vorsichtig ihren Namen, in goldenen Buchstaben geschrieben, komplett mit einem Schnörkel darunter.

»Wie finden Sie es? Es ist ein Geburtstagsgeschenk von Mum.«

»Es ist hübsch.« Alyson berührt mit der Fingerspitze das »T«.

»Sie finden den Namen wahrscheinlich dumm.«

»Nein. Warum sollte ich?«

»Weil Sie denken, ich heiße nach irgendeinem albernen, teuren Modegeschäft in der Innenstadt, wo meine Mutter noch nie war. Aber das stimmt nicht. Es ist ein alter Name. Schlagen Sie ihn nach. Oder fragen Sie *ihn.* Er hat ihn in einem Buch gefunden.«

Alyson reißt die Augen auf. Sie blickt direkt in Tiffanys Augen, die von einem hellen, klaren Blau sind. Sie weicht zurück. Gruppen von Kindern, die gerade aus dem Unterricht kommen, gehen um sie herum. Eine Stimme zirpt: »Hör mal! Hör dir das mal an!« Tiffanys Augen halten ihrem Blick stand.

Und dann verändert sich Tiffanys Gesicht. Die Herausforderung darin verschwindet und übrig bleibt nur Kummer.

Ich habe gewonnen, denkt Alyson. Aber wie lauteten die Regeln?

Vorsichtig läßt Tiffany die Kette wieder in ihren Ausschnitt gleiten und geht weg.

Genauso vorsichtig geht Alyson weiter zum Lehrerzimmer. Sie zittert zwar nicht, aber ihr ganzer Körper vibriert. Und als sie sich an ihren Schreibtisch setzt, fühlt sie sich, wie ihre Mutter sagen würde, wie ausgewrungen.

Ihr erster Gedanke ist: Bald werden es alle wissen. Und ich kann es nicht aufhalten.

Und dann denkt sie: Mir mangelte es immer an einem Freund.

Um sie herum ist alles wie immer. Wie kann das sein? Er ist auf sein Motorrad gestiegen und davongefahren. Die Katze hat eine Flasche mit Austernsauce über die Klassenarbeiten umgekippt und ist hindurch gelaufen. Die Gute! Sie hat ihnen weisgemacht, daß ihre Tante, die Hebamme, ein Baby mit einem menschlichen Körper und einem Schafskopf entbunden hat, das jetzt in einem geheimen Waisenhaus für Monster großgezogen wird. Mel, dieses Mädchen ist alt genug, um Deodorant zu benutzen, die anderen Kinder halten sich schon die Nase zu!

»Ich rede mal mit ihr«, sagt Mel resigniert. Dann meint sie: »Okay, ihr Intellektuellen, wie wäre es mit Freitag abend bei mir? Ich warne euch allerdings, wir werden nur über Kricket und Katzen reden. Und ich meine nicht T. S. Eliot. Keine Kultur. Bringt Bier mit und Salzstangen. Keine teuren Weine, bitte. Alyson? Alyson, geht es dir gut?«

Erst am Abend, als sie in der warmen Nachtluft auf dem Balkon sitzt und zuhört, wie er drinnen übt, denkt sie auf einmal: Er hat sie verletzt. Er hat sie mißbraucht, und zwar wegen mir. Er hat vielleicht nicht gewußt, wie sehr sie ihn begehrte. Aber er ist ein Junge, und vielleicht hätte er es sowieso getan. Woher soll sie das wissen?

»Tom«, fragt sie, »warum ich?«

Er stützt sich auf einen Ellbogen und blickt auf sie herunter. »Warum? Warum fragst du mich das?«

»Ich will es nur wissen.«

Er kneift sie sanft in die Brustwarze, küßt sie, nimmt sie zwischen die Zähne und fährt mit der Zunge darüber. Entschlossen unterdrückt sie den Laut, der aus ihrer Kehle aufsteigt. Als er mit dem, was er getan hat, zufrieden ist, fährt er fort: »Es gibt einen Grund«, sagt er langsam. »Sie sehen aus wie Rosenknospen.«

»Tom.«

»Das ist der andere Grund. Wie du meinen Namen sagst. Als du ihn das erste Mal wirklich ausgesprochen hast, hast du gesagt, ›Danke, Tom‹. Erinnerst du dich? Und mir kam es so vor, als hätte ich ihn noch nie zuvor gehört. Ich liebe deine Stimme, Aly.«

Mit den Fingern fährt sie seine Augenbrauen und seine Wangenknochen entlang. »Nein. Du weißt, warum ich dich frage. Deswegen, weil es so ungewöhnlich ist. Daß du …« Sie zögert. Sein Gesicht hat sich bewölkt. »Wir haben noch nie darüber geredet«, schließt sie kläglich.

»Denkst du so darüber? Wenn wir zusammen sind? Daß es *ungewöhnlich* ist?«

»Nein! Ich habe nicht gemeint …«

»Warum sollte *ich* es dann tun?« Er schluckt schwer.

Sie beginnt zu reden, aber als er merkt, daß sie wieder auf die Frage zurückkommen will, legt er ihr rasch die Hand über den Mund. »Nein. Du hast gefragt. Also gut, Aly, hör zu. *Da capo.* Ich weiß schon seit langem mehr von dir, als du glaubst. Du magst es zwar vielleicht nicht hören wollen, aber für mich ist es gut. Alles. Ich konnte lange nicht mit dir reden, jahrelang nicht. Aber ich bin immer herumgeschlichen, wenn du da warst. Hab' um die Ecken geschielt. Du hast mich gemocht, als ich klein war, aber du warst nicht mehr an mir interessiert, als ich größer wurde. Du hast nie gemerkt, daß ich dich immer noch mochte, oder?«

»Nein, das habe ich nie gemerkt.«

»Na ja. Sieh mal, ich behaupte nicht, daß ich dir den Hof gemacht hätte, wenn ich älter gewesen wäre. Ich hätte das nicht für möglich gehalten. Ich behaupte nicht, daß ich nicht an anderen Mädchen interessiert war.«

»Ich bin kein Mädchen, Tom! Genau das habe ich doch gemeint.«

»Nagele mich nicht auf Wörter fest, Aly. Ich werde sonst wütend. Wenn ich gesagt hätte, andere Frauen, wäre es auch falsch gewesen. Du hast mich gefragt, und ich versuche es zu erklären. Willst du mich jetzt ausreden lassen oder nicht?«

Sie schweigt.

Er holt tief Luft. »So wie es war … ich mußte mich nie fragen, was sich die meisten Leute fragen müssen. Was in den Liedern steht. Ist das die Person, die für mich bestimmt ist, ist es das, was ich wirklich will, all das. Ich konnte es nicht glauben … selbst jetzt kann ich es noch kaum glauben –, daß du da warst, einfach im Zug gesessen hast. Ich war so glücklich! Es war alles neu, und doch auch wieder nicht. Ich habe dich angesehen, und du warst wunderschön. Und du hast mich angesehen …« Er errötet. »Als ob du interessiert wärst.«

Sie keucht auf, hebt protestierend den Kopf, aber er drückt ihn wieder herunter. »Mach dir nichts vor, Aly. Du hast gefragt! Du hast mir doch schon gesagt, daß du es wußtest. Und jetzt sage ich dir, daß ich es auch wußte.« Ihre Röte muß so tief sein wie seine. Nach all den Dingen, die zwischen ihnen getan und gesagt worden sind, liegen sie hier im Bett und erröten voreinander.

»Dann wußtest du zuviel.«

»Ich habe danach gesucht. Du nicht. Du hättest es für falsch gehalten. Du *hast* es für falsch gehalten. Deshalb mußte ich den ersten Schritt tun.« Er wirft sich aufs Kissen und blickt zur Decke. »Ich weiß, daß das nicht wirklich die Antwort auf die Frage nach dem Warum ist. Aber das ist alles, was ich dir sagen kann, wenn du mich fragst. Ich könnte dich auch fragen! Warum bist du jetzt hier mit mir und nicht mit jemand anderem? Mit jemand älterem, mit dem du weiter fahren könntest als bis zu den Bergen? Ich könnte dich das auch fragen. Frag mich nichts mehr, Aly. Bitte nicht. Es klingt nie so, als ob es Sinn macht, es ist einfach so.«

Es ist einfach so.

Bei Mel gibt es keine Salsa. Nur Würstchen, Tomatensauce, Weißbrot, Bier und Salzstangen, wie versprochen, im Garten. Mel und Annie renovieren das Haus, von hinten her. Die vorderen Zimmer stehen voller Leitern, Abdeckplanen, Farbtöpfen, die auf alte Zeitungen tropfen, und einer gemieteten Betonmischmaschine. Alyson hat sich einer Gruppe murmelnder Besichtiger angeschlossen, aber als sie hinter Annie wieder aus einem der Zimmer hinausgehen, um einen alten Fußboden zu bewundern, den sie fachmännisch abgeschliffen haben, packt Mel sie am Handgelenk.

»Nur einen Augenblick, Alyson.« Sie schließt die Tür. »Was habe ich da gehört?«

»Was meinst du?«

»Ich höre, daß du mit einem Elftklässler zusammenlebst.«

»Nein. Ja.« Aber das ist keine Art, von ihm zu reden. »Er ist eine Person, Mel.«

»Eine Person.«

»Keiner von unseren Schülern.«

»Das weiß ich.«

»Dann weißt du alles, was du wissen mußt.«

»Nein. Ich weiß nicht, was ich sagen soll, wenn ich gefragt werde.«

»Sag einfach, es geht niemanden etwas an, außer mir.«

»Ich glaube kaum, daß das ausreicht.« Mels klares, sauber geschrubbtes Gesicht wird hart. »Das hätte ich nie von dir gedacht.«

»Er ist fast siebzehn.«

»Alyson, um Gotteswillen! Es ist ja nicht so, als ob ich noch nie von so etwas gehört hätte, aber *du*! Ich habe gedacht, du besäßest mehr gesunden Menschenverstand. Mehr Diskretion.«

»Das ist komisch, das habe ich auch gedacht.«

»Dann haben wir uns beide geirrt.«

»Wissen es schon alle?«

»Sie werden es bald wissen.« Mel öffnet die Tür. »Sie werden es nicht von mir erfahren«, sagt sie. »Aber ich bin enttäuscht von dir, Alyson.« Sie hebt eine Katze hoch, die um ihre Knöchel streicht. »Du hättest eins von den Kätzchen nehmen sollen, die ich dir angeboten habe.«

Das Kind, das im hinteren Teil des Speisesaals ein anderes Kind niedergestochen hat, nicht tödlich, noch nicht einmal ernsthaft, ist mit dem Jagdmesser seines Bruders und einer zum Abhauen gepackten Tasche in die Schule gekommen. Die Tasche enthält alle Notwendigkeiten des Lebens: ein paar nicht identifizierbare, in Plastik verpackte Tabletten, Zigaretten, ein Päckchen Kondome, und einen Bikini (nur das Höschen). Alyson hatte zwar Aufsicht, aber sie trifft keine Schuld. Sie war da, wo sie sein sollte, sie stand da und beobachtete die Kantinenhilfen. Sie hat es einfach nicht gesehen. »Sie haben ja schließlich auch keine Augen im Hinterkopf«, sagt die Polizistin, als sie ins Auto steigt. »Die kleinen Scheißkerle!« Die Kinder sind bereits wieder in der Klasse, und Bill paßt auf Alysons auf. Der Direktor geht zurück in sein Büro. Eltern. Berichte. »Sie trifft keine Schuld«, sagt er.

»Was für ein Glück«, sagt Mel.

Mehr Glück, als ich verdiene.

Ein paar Tage später studiert sie in einer Freistunde den Lehrplan und denkt über die Bücher für das nächste Jahr nach. Band zwei des Englisch-Lehrbuchs. Zeitgenössische Themen (I), kulturelle Identität. Mudrooroo, *Wild Cat Falling*. Im Nebenzimmer klingelt das Telefon. Jemand wird schon drangehen. Sie kaut an ihrem Stift. Tom sagt immer, sie solle das lassen. Es ist schlecht für deine Zähne, sagt er. Er denkt wirklich, er weiß alles. Band zwei des allgemeinen Lehrbuchs (IV). Wahlfach (b). Grenzüberschreitende Themen. Nadine Gordimer.

»Alyson, der Chef möchte dich sehen.«

Sie steckt ihre Bluse in die Hose, zieht ihr Jackett an. Man denkt immer, daß solche Dinge etwas nützen, wenn das Glück einen verläßt.

Die Schulsekretärin trägt ein Jackett mit Schulterpolstern bis zu den Ohren, und ihre Brillengläser funkeln. »Er hat gesagt, Sie sollen hereinkommen. Er telefoniert gerade.«

Alyson klopft, tritt ein, er nickt ihr zu, sie setzt sich. Er redet mit einem Elternteil. Ein Fall von Ladendiebstahl, wie es sich anhört. Er hält es auch für das Beste, das Kind bei den Großeltern weit entfernt wohnen zu lassen. Er sieht nicht gut aus. Er hat in der letzten Zeit lauter solche Probleme gehabt. Sie umklammert mit ihren feuchten Händen ihre Knie, läßt sie wieder los. Sie verrät sich dadurch. Sie kann ihn nicht ansehen, während er telefoniert, also starrt sie das Bild über seinem Stuhl an. Eine Wüste, Bäume in der Ferne. Roter Himmel. Es kommt ihr so vor, als habe sie dieses Bild in den letzten zehn Jahren im Büro jedes Direktors gesehen. Ist das ein besonderer persönlicher Geschmack oder gibt es einen Laden, der diese Dinge an alle ausliefert? Als sie anfing zu unterrichten, waren es unbekannte Impressionisten. Belebte Straßen in Paris. Aus ihren eigenen Schultagen taucht undeutlich die Erinnerung an eine orientalische Frau mit grünem Gesicht auf. Und die Königin. Jetzt wird die Königin immer seltener, die Frau mit dem grünen Gesicht gibt es nicht mehr, und die Impressionisten sind eindeutig nicht mehr gefragt. Aber die Wüste ist immer noch da. Der Chef lehnt sich in seinem Stuhl zurück und spielt mit seinem Stift, während er redet. Wie ein Gynäkologe hat er, um Vertrauen zu wecken, ein Photo auf seinem Schreibtisch stehen. Seine Frau und seine Kinder, mit kleinen Mündern und winzigen runden Augen. Sie sehen aus wie eine Frettchenfamilie.

Der Direktor legt den Hörer auf die Gabel. »Ich denke, Sie wissen, worum es geht, Alyson.«

»Ich bin nicht sicher.«

»Alyson, ich hatte in den letzten achtundvierzig Stunde mehrere Anrufe wegen ihrer … ihrer persönlichen Situation. Einen von Mrs. Gabrielli … Professor Gabrielli.«

Dann ist es nicht nur ein Gerücht. Das ist Louise. »Professor McCarthy.«

»Oh, richtig. Ja. Und ein Anruf war vom Direktor der anderen Schule, die … hm … involviert ist.«

»Involviert?«

»Natürlich sind sie involviert, Alyson! Sie haben die

Verantwortung. Er hat mich jedoch nur auf persönlicher Grundlage angerufen.«

»Von Mann zu Mann sozusagen.«

»Legen Sie sich nicht mit mir an, Alyson. Niemand will mehr als nötig aus der Sache machen. Vielleicht ist es ja nur eine zeitweilige … wenn auch bedauerliche … eine Episode. Etwas anderes zu denken, liegt mir fern. Ein dunkler Punkt, wenn Sie so wollen, auf einer sonst …« Er klopft gereizt mit dem Finger auf die Schreibtischplatte. »Ich muß Ihnen jedenfalls sagen, wir können das nicht gebrauchen.«

»Es ist mein Leben.« Das ist unsäglich.

»Tatsächlich? Die Eltern teilen Ihren Standpunkt nicht. Und ich auch nicht, Alyson. Was für ein Beispiel geben Sie damit? Und ausgerechnet *Sie*! Ich habe Sie immer für eine der besten Lehrerinnen gehalten, die ich je hatte.« Ah, vertrautes Terrain. Sein Terrain, Mels, ihr eigenes. Das hätte ich nie von dir gedacht. Ich bin enttäuscht von dir. Was werden die Eltern denken, wenn sie es erfahren? »Und nun? Denken Sie einmal an den Zwischenfall im letzten Monat.«

»Mich trifft keine Schuld!«

»Ja, so steht es auch im Bericht. Aber unter uns, Ihre Gedanken sind nicht bei der Arbeit, oder? Das Kind hätte tot sein können. Und wer weiß, was bei den anschließenden Ermittlungen herausgekommen wäre, und wo würden wir dann stehen?«

Dazu ist nichts zu sagen.

»Wenn es herauskommt, macht das die Dinge für niemanden leichter, Alyson, und am wenigsten für Sie. Sie mögen ja davon ausgehen, daß Ihr Privatleben Ihre Angelegenheit ist, aber in diesem Fall …«

Sie erhebt sich.

»Ich schlage vor, daß Sie Ihre Situation noch einmal

überdenken. Versuchen Sie, sich mit den Eltern zu einigen.« Er schweigt. »Und vielleicht sollten Sie Hilfe suchen.«

»Hilfe?«

»Es liegt ganz an Ihnen, Alyson. Ganz an Ihnen. Gott sei Dank steht das Jahresende vor der Tür, und ich möchte Sie gerne nächstes Jahr wieder hier haben. Wenn die Geschichte ausgestanden ist, kann von einer Versetzung wohl nicht mehr die Rede sein. Das ist alles. Überdenken Sie es noch einmal.«

Sie kann nirgendwo hingehen, sie kann nicht einfach wegfahren und nachdenken. Und worüber soll sie auch nachdenken? Sie kann nur an ihren Schreibtisch zurückkehren, da sitzen und auf das warten, was passieren wird. Es wird Seitenblicke im Lehrerzimmer geben und unterdrücktes Gekicher in der Klasse, und sie wird nicht wissen, ob das wirklich etwas mit ihr zu tun hat oder ob sie sich das nur einbildet. Und sie kann in Ferien fahren und für eine Weile so tun, als ob nichts geschehen wäre.

Sie denkt an diese Freitagnachmittage in ihrem Schlafzimmer. Wenn sie doch nur ein bißchen länger gedauert hätten; eigentlich waren sie alles, was sie brauchte.

Aber so ist das eben draußen in der Welt.

Sie kann ihm nichts von ihrer Demütigung erzählen, sie erwähnt die ›Episode‹ nicht. Sie erzählt ihm jedoch, daß seine Mutter und seine Schule angerufen haben.

»Was können sie tun?«

»Das hängt davon ab, wie sehr sie sich hineinhängen.«

»Aber hier geht es doch um Menschenrechte«, sagt er ernst.

Sie muß lächeln. »Ich sehe mich eigentlich nicht als

großen Menschenrechtsfall, Tom. Lehrerin verteidigt Recht auf Liebe. Ich glaube nicht daran.«

»Ich auch nicht, wenn du es so sagst.« Er blickt sie aufmerksam an. »Du hast ›Liebe‹ gesagt.«

»Das habe ich.«

Er ergreift ihre Hand. »Das macht mir Mut. Allerdings, nicht allzu sehr. Es ist jedoch noch nichts Schlimmes passiert.«

»Tom, hat irgend jemand etwas zu dir gesagt?«

»Ein paar von meinen Freunden. Eigentlich nichts.«

»Was haben sie gesagt?«

»Du würdest es nicht hören wollen. Aber sie wissen nicht, was sie damit anfangen sollen, Aly. Ich denke, sie glauben es in Wirklichkeit gar nicht. Kein Problem.«

»Sie haben dich damit gequält.«

»Das mußte so kommen. Ich wohne nicht mehr zu Hause, ich gebe niemandem meine Telefonnummer, und ich unternehme nichts mehr mit ihnen. Es spielt keine Rolle.« Sie schämt sich. Er ruht in sich, wie Louise gesagt hat, und noch mehr, er hat sie geschont. Sie wollte gar nicht darüber nachdenken, daß er so rasch seine Freunde verlieren würde. Aber diese Zurückhaltung ist auch sein Schutz. Er ist nicht bedürftig, deshalb ist er auch nicht verletzlich, und die anderen kennen ihn lange genug, um das zu verstehen. Er hat sich von ihnen abgekapselt, und es war seine freie Entscheidung. Er fährt rasch fort, damit sie keine Frage stellen kann: »Ich werde aber versuchen, mit Toby und Louise zu reden, Aly. Ich gehe an Weihnachten hin. Bis dahin sollten wir besser nicht daran denken.«

Das ist genau das, was sie auch vorhat.

Am ersten Samstag morgen in den Ferien gehen sie einkaufen. Er führt sie in eine Ecke des Erdgeschosses, um ihr zu zeigen, wie zwei Hirtenstare Blaubeeren stehlen und sie hinter dem Rad eines parkenden Autos verstecken. Einer läuft quer über die Schachtel mit den Blaubeeren, gerade außerhalb der Sichtweite des Obsthändlers, schnappt sich eine Beere und rennt damit zurück. Dann tritt der andere auf den Plan.

»Alyson!«

Sie fährt zusammen, und ihr Lächeln erlischt, um in anderer Form wieder zu erscheinen.

»Bill.«

»Genießt du die Ferien?«

»Ja. Hallo, Christine.« Bill steht da wie ein Baum und hat freundlich die Augenbrauen hochgezogen. Er geht nicht weg. »Das ist Tom.«

Tom nickt ihm ohne zu lächeln zu. Alles andere wäre unangebracht.

»Dein Neffe?«

»Nein.«

»Oh, tut mir leid.« Sein Gesicht sieht allerdings gar nicht danach aus.

Schweigend stehen sie da. Ich werde immer hier stehen, denkt sie, wenn es sein muß.

Bill wird zu Hause sicher damit angeben. Seine Frau weiß das bestimmt und bricht den Bann. »Wir müssen noch so viele Geschenke kaufen, und die Zeit wird kanpp! Frohe Weihnachten, Alyson.«

»Euch auch.«

Sie bleiben noch eine Weile da stehen.

»Vierzehn Beeren«, sagt Tom und nimmt die Einkaufstasche. »Sie sind gut zusammen, was?«

Sie fahren fast jeden Tag zu einem ruhigen Strand. Man kann dort nicht gut schwimmen, deshalb ist es auch so ruhig da. Die Wellen sind zu hoch und man kann sehen, wie sich die Sandbänke verschieben. Es gibt keine Strandaufsicht, keinen Laden. Sie planschen im flachen Wasser herum.

Tom macht ein paar Aufnahmen von den Felsen und ein paar von ihr, ohne Oberteil. Warum auch nicht? Und außerdem macht es ihn glücklich. Er hat ihr gesagt, sie solle ihre Haare ein bißchen wachsen lassen, und sie hat es getan. Er hatte recht. Die Haare, die sie sonst bei feuchtem Wetter zur Verzweiflung gebracht haben, fallen jetzt unordentlicher, aber lockiger. Er liebt es, die Strähnen zwischen den Fingern zu drehen. Wenn sie die Photos sieht, denkt sie, meine Haare wirken jetzt auch retro. Und dann der große Strohhut. Vielleicht sehe ich wie seine Urgroßmutter aus, oder wie meine. Sie mag diese Vorstellung, dieses Verwischen der Jahrhunderte.

Es macht nicht den Anschein, als langweile es ihn, seine Tage so zu verbringen, aber sie muß trotzdem immer wieder fragen: »Ist das nicht alles viel zu ruhig für dich?«

»Du meinst, ich sollte mich eher irgendwo austoben?«

»Wahrscheinlich.«

»Du weißt doch, wozu das gut ist, Aly. Es bedeutet nur die Hoffnung, daß am Ende von all dem so etwas kommt wie das hier.« Er schiebt seine Hand unter sie, während sie mit dem Gesicht nach unten auf dem sandigen Badetuch liegt. »Wer braucht das schon?«

Noch etwas, an das sie nicht gedacht hat. Für ihn bedeutet das auch, sich keine Sorgen darüber machen zu müssen, wer mit wem aus der Disco nach Hause geht, keine Sorgen um geheimnisvolle Vorrichtungen wie BH-Verschlüsse und ähnliches, über Mütter mit Creme im Gesicht. Er hat eine ganze Phase übersprungen, und trotz aller Probleme ist er sehr zufrieden mit sich.

7

Sie hat einen kleinen Weihnachtsbaum für das Kaminsims gekauft, und er arrangiert die Ballerina und den roten Teufel darauf. Sie umklammern einander und winken einer imaginären Menge zu.

Er hat Geschenke für seine Familie zusammengestellt. Seife mit Kräutern für Toby. Glaskugelohrringe, die er an einem Straßenstand gekauft hat und die aussehen wie Christbaumschmuck, für Griselda. Eins seiner Bilder, eine Dorfszene aus den Ferien in Italien, hat er für Louise gerahmt, und ein weiteres für seine Großmutter. Er hat Alyson mehrmals gefragt, was sie von den Geschenken hält. »Sie sind genau richtig«, sagt sie. Als sie ihm zusieht, wie er sie am Weihnachtsabend einpackt, mit Papier und Geschenkband hantiert, einen Knoten bindet und wieder aufmacht, hat sie das Gefühl einer Vorahnung, die bei Tag im Sonnenlicht, das auf dem Wasser funkelte, noch nicht da war.

Der Weihnachtsmorgen ist sonnig, und sie wacht auf, weil er sie enthusiastisch liebt.

Danach sagt er: »Ich weiß, du hättest gern gehabt, daß alles so bleibt, wie es war. Ich weiß auch, daß es meine Schuld ist. Aber Aly, wenn es nicht passiert wäre, hätte es diesen Morgen für uns nicht gegeben.«

Sie hat ein Buch über die Geschichte der Stadtplanung für ihn gefunden. Es kommt ihr sehr trocken vor, mit den zahlreichen Diagrammen, aber es sieht so ähnlich aus wie die Bücher, die er aus der Bücherei anschleppt. Er macht sich voller Freude darüber her, wirft sich bäuchlings aufs Bett und fängt an, es durchzublättern. Sie legt die CDs auf, die er ihr geschenkt hat, und Musik erfüllt das Zimmer. Für sie ist es etwas Neues, die Lieder einer Frau, die im Venedig des siebzehnten Jahrhunderts die Art von Musik komponiert hat, die er spielt. Er hat sich Gedanken darüber gemacht, weil er einen Weg gesucht hat, um sie ihr nahezubringen. »Ich weiß, daß es dir gefallen wird! Sie war wirklich brillant, diese Barbara Strozzi!« platzt er heraus, noch bevor sie das Papier abgewickelt hat. »Sie hat Madrigale und Cantatas geschrieben … zum Beispiel die *Lagrime mie*, meine Tränen … Sieh mal, das ist sie!« Es gibt ein Porträt der Komponistin, mit einem Spitzenmieder, das von einer bloßen Brust rutscht, mit Blumen in den Haaren. In den Händen hält sie allerdings keine Laute, wie er, sondern eine Viole, wie er sagt. Er reißt sich von seiner Lektüre los und ergreift ihre Hand. »Hör mal!« sagt er. »*Si, si, pensiero* … ja, ja, laß mich nachdenken … *una canzon troviamo* … der Sänger ist ein Schäfer … du weißt ja, wie sie sind … er versucht, das richtige Liebeslied zu finden, er geht all seine Weisen durch, aber seine Stimmung ändert sich ständig, und sie parodiert all die unterschiedlichen Stilrichtungen … sie ist großartig!« Er sieht sie erwartungsvoll an. Sie denkt an die Männer, deren Füße in dem Moment, in dem sie eine Galerie betraten, zu schmerzen begannen, die mit ihr ins Konzert gegangen sind und dann bestenfalls nachsichtig waren, wenn sie euphorisch herauskam.

»Es ist wunderschön!« sagt sie. Sie versteht es zwar noch nicht, aber es ist wirklich schön.

»Gefällt es dir wirklich?«

»Ich liebe es. Ich liebe dich, Tom.«

Und jetzt vergißt er sogar die Musik, aber sie ist immer noch da und erfüllt das vom Sonnenlicht helle Zimmer. »Aly, sag es, sag es! Ich möchte es dich immer wieder sagen hören!« Und sie sagt es, immer und immer wieder, beinahe häufig genug. Es ist bereits viel zu spät, ihn nicht auch noch zu ermutigen.

Ihre Mutter hat eine rasche Auffassungsgabe. Ein Telefon ist für sie keine Hürde. »Du verbringst den Tag nicht allein, mein Schatz, nicht wahr?«

»Nein, Mum.«

»Ist es derselbe, wegen dem du dir schon letztes Jahr an Weihnachten Gedanken gemacht hast?«

»Ja, Mum.«

»Er ist nicht verheiratet.« Nicht, wenn er Weihnachten mit dir verbringt, meint sie.

»Nein, Mum.«

»Ich habe mir ein bißchen Sorgen deswegen gemacht. Das ist nie eine gute Idee, Liebes.«

Sie weiß, daß da etwas ist, daß es eine Menge anderer Dinge gibt, die auch keine gute Idee sind, aber an das hier wird sie nicht denken. Noch nicht einmal Mum.

Als sie auflegt, sagt er: »Ich muß jetzt gehen, Aly.«

Sie ist fast den ganzen Nachmittag allein. Die Zeit vergeht langsam. Aber wenn er so lange wegbleibt, geht vielleicht alles gut. Unruhig hinterläßt sie eine Nachricht und geht spazieren. Niemand ist auf der Straße, aber im Park am Teich sieht sie ein Kind auf einem neuen Dreirad und ein weiteres mit einem ferngesteuerten Auto, das auf dem Rasen nicht funktioniert. Entspannte Eltern liegen schweigend unter Bäumen, und das Paar, das ihr gegenüber auf dem Flur wohnt, geht auch spazieren. Ein kahl werdender, relativ junger Mann, ein unhübsches Mädchen. Sie hat manchmal durch die offene Tür in ihre Wohnung sehen können. Sehr wenig Möbel. Es kommt auch keiner zu ihnen. Sie sieht sie freundlich an, aber in ihrem gleichgültigen Gruß ist kein Anzeichen dafür zu erkennen, daß sie dieses Gefühl zurückgeben. Wahrscheinlich haben sie ihre eigene Meinung über die Situation mit Tom, so wie sie sich ihr Teil über die beiden denkt. Vielleicht auch nicht.

Als sie zurückkommt, steht die Tür offen. »Haben Sie auf dem Rückweg jemanden aus dem Haus kommen sehen?« schreit der Mann ihr entgegen.

»Was? Nein.«

»Wir sind bestohlen worden! Jemand ist von draußen hereingeklettert … durchs Fenster rein und durch die Tür wieder raus! Mit meinem Fernseher, meinem Computer, allem!«

»Meine Ringe!« schreit das Mädchen. »Sie hatten doch nur einen sentimentalen Wert! Wer tut so was an Weihnachten!«

»Drogensüchtige!« bellt er sie an. »Glaubst du, alle Leute sind Christen? Wer hat das Fenster aufgelassen? Wir sind nicht versichert!« Das ist ihm gerade erst eingefallen.

»Es tut mir leid«, sagt Alyson. Sie wären auch nicht versichert, oder? Sie geht in ihre Wohnung und sieht sich um. Nichts ist durcheinander. Da liegt Toms Buch, aufgeschlagen auf dem Bett. Sie hört Autos, Stimmen, aber sie geht nicht wieder hinaus, und es kommt auch niemand, um sie noch einmal zu fragen, ob sie etwas bemerkt hat.

Sie wartet.

Als er heimkommt, ist er sehr still.

Sie setzt sich neben ihn auf das Sofa. Nach einer Weile sagt er: »Es hat keinen Sinn.«

»Ich hätte mit ihnen reden sollen.«

»Das hätte auch nichts genützt.«

Er zieht eine Karte aus seiner Hemdtasche. Es ist eine

der winzigen, fast reinweißen Weihnachtskarten, die Louise am liebsten hat. Auf der Vorderseite ist ein geprägter Weihnachtsbaum mit einem einzigen roten Punkt für den Stern an der Spitze. Ein von Toby unterschriebener Scheck über fünfundsiebzig Dollar liegt zwischen den beiden Seiten. Auf der Karte steht: Für unseren Sohn Tom. In Liebe von Dad (Toby) und Mum (Louise).

Glauben Sie, er hätte vergessen, wer sie sind?

»Sie haben gesagt, sie kennen mich nicht mehr wieder.«

»Das ist wahrscheinlich ihre ...«

»Es ist ein Machtkampf«, sagt er. »Es ist ihnen egal, wie ich mich fühle.«

»Was ist das?«

»Das ist von Griselda.« Es ist ein Stiftbehälter in Form einer Gitarre. »Und von Maura.« Seine Großmutter hat ihm einen teuren Füller geschenkt.

Das Telefon klingelt. »Geh nicht ran«, sagt er drängend.

Sie hebt den Hörer ab. »Bist du jetzt zufrieden, Alyson?« kreischt Louise. »Das ist das schlimmste Weihnachten meines Lebens. Du hast mir meinen Sohn voller Feindseligkeit geschickt! Du hast hervorragende Arbeit geleistet. Du hast ihm eine Gehirnwäsche verpaßt. Er war so ein liebevoller Junge, bevor er in deine Fänge geraten ist! Ich kann nicht glauben, daß du einmal meine Freundin warst, ich hätte nie gedacht, daß du mich so verraten könntest! Du ekelst mich an! Was willst du jetzt noch? Sag es mir! Was willst du noch mehr?«

Tom greift nach dem Hörer. »Hör damit auf«, sagt er und legt auf.

Sie hat sich automatisch mit der Hand an die Stirn gefaßt, als ob sie geschlagen würde.

Es gelingt ihr zu sagen: »Es ist Weihnachten. Da kommen eine Menge Emotionen hoch.«

»Und es gibt viel zu trinken«, sagt er. »Laß uns wegfahren.« Er geht in die Küche und holt den Einkaufskorb herunter. Er legt den Weihnachtskuchen hinein, den ihre Mutter geschickt hat, ein Stück Schinken, Käse, Brot. Eine Flasche Wein. Ein Messer, Gläser. »Hol deinen Schlüssel, Aly.«

Und so verbringen sie den Hauptteil der Nacht am Strand. Er ißt viel, nichts scheint ihm den Appetit zu verderben. Dann schiebt er alles auf dem Sand beiseite und legt die Decke über sie beide.

Sie richtet sich auf und blickt sich nervös um. Die Lichter vom Parkplatz dringen nicht bis hierher. Die Flut kommt, aber sie kann die weißen Schaumkronen der Wellen, die sich so nahe anhören, kaum sehen.

Er zieht sie herunter. »Hast du das jemals zuvor getan?«

»Nein.«

»Ich auch nicht. Es ist das erste Mal für uns beide.«

Es ist ganz anders als am Morgen. Nacht und Tag.

Die Wellen sind schon ganz nah, als sie sie wieder hört.

Sie hebt ihren Rock und geht in die schockierende, wohltuende Kälte des schäumenden Wassers.

»Sei vorsichtig, Aly. Gib mir deine Hand.«

Nichts in ihrem Leben ist mehr so, wie es einmal gewesen ist. Kein Wunder, daß sie ihn nicht mehr kennen. Sie kennt sich ja selbst nicht.

Als sie hinter ihm die Treppe hochgeht, ihren nassen Rock hinter sich her schleifend, wird es schon langsam hell.

Er legt das Telefon unter einen Haufen Kissen, schließt die Tür, und sie gehen zu Bett und verschlafen fast den ganzen nächsten Tag.

Am Silvesterabend hören sie um Mitternacht vom Balkon aus die Schiffshörner tuten. Die Leute, die sich auf Parties gegenseitig »Frohes Neues Jahr« zurufen, hören das nie, und es gab Zeiten, da war sie in dieser Nacht allein und hatte Angst, es zu hören. Selbst jetzt führt der Gedanke an das dunkle Wasser, das an die Schiffswände schlägt, der Gedanke an den mondbeschienenen Ozean, der hinter dem Hafen auf sie wartet, dazu, daß sie ihre Lippen an Toms warmen Nacken preßt und die Arme um ihn schlingt.

»Bald bin ich siebzehn«, sagt er befriedigt.

Sie hört die Stimme ihrer Mutter. »Wünsch dir bloß nicht, daß die Jahre vergehen.« Das kann sie immer noch nicht, selbst nicht für ihn.

Am Morgen fühlt sie sich entsetzlich. Sie muß ständig pinkeln und es ist äußerst schmerzhaft. Es wird schlimmer. »Ich glaube, ich muß zum Arzt«, sagt sie. Irgendeine Praxis wird ja wohl am Neujahrstag Dienst haben. Von Panik ergriffen sieht sie im Telefonbuch nach. Sie versucht, ihr schmerzverzerrtes Gesicht vor ihm zu verbergen, um ihn nicht noch mehr zu ängstigen. Sie versucht, sich nicht vor Schmerzen zu krümmen.

»Du bleibst hier«, sagt sie.

»Ich komme mit dir. Ich kann dich fahren.«

»Das kannst du nicht.«

»In einem Notfall schon. Ich kann mich um dich kümmern, Aly.«

Der Arzt ist ältlich. Mit rosigen Bäckchen, freundlich. »Das wird auch das Flitterwochen-Problem genannt«, sagt er. Ihr Gesicht brennt. Er gibt ihr Antibiotika für die Infektion, sagt ihr, sie solle viel Wasser trinken, keinen Geschlechtsverkehr, bis es ausgeheilt ist. »Suchen Sie sich einen anderen Zeitvertreib«, fügt er jovial hinzu. Höflich steht er auf und begleitet sie an die Tür. Als er

Tom sieht, der offensichtlich auf sie wartet und offensichtlich nicht ihr Sohn ist, verzieht er keine Miene. »Frohes Neues Jahr«, ist alles, was er sagt. Allein dafür könnte sie ihn küssen, wenn sie sich nicht so gräßlich fühlen würde.

»Du bist lieb, Tom«, sagt sie. Er hat sie warm eingepackt, Tabletten und Wasser neben das Bett gestellt. Möglicherweise ist er schuldbewußt, obwohl das das Letzte wäre, was sie wollte, aber er ist nicht das erste Mal so gut zu ihr. Kurz nachdem er bei ihr eingezogen war, hatte sie schlimme Menstruationsschmerzen. Nun, er war wirklich lieb. Zuerst war sie befangen, da sie einen so jungen Mann nicht damit behelligen wollte, aber er fand es lustig, daß sie Cointreau dagegen nahm, und trank ein Glas mit ihr, und dann wollte er mit ihr schlafen. Es macht mich an, sagte er. Es gibt nicht viele Dinge, die ihn nicht anmachen. Das ist jetzt ihr Problem. Es ist Louise zu verdanken, so kann man es jedenfalls sehen, die einen Sohn großgezogen hat, der keine Angst vor Frauen hat. Oder vielleicht eher trotz Louise, trotz der Art, wie sie sich benimmt. Ich habe mehr Angst vor ihr als er, denkt sie. Wenn sie jetzt gerade an mich denkt, und das könnte gut sein, ob sie dann auch denkt, daß sie mir etwas verdankt? Nein. Darauf kann ich nicht hoffen.

Als sie sich besser fühlt, wenn auch immer noch ein bißchen schwach, taucht Griselda auf. »Ich bin heimlich hier«, verkündet sie. »Sie würden mich umbringen.«

»Sie würden dich nicht umbringen«, sagt er.

Sie schüttelt heftig den Kopf. »Aly, du weißt, daß meine Mutter eine blöde Kuh ist.«

»Glaub bloß nicht, daß Aly sich in deine jugendlichen Machtkämpfe hineinziehen läßt«, sagt er vorwurfsvoll. »Wenn sie irgend etwas sagen würde, brächtest du es glatt fertig, sie zu zitieren. Das wäre ganz schön blöd.«

»Das würde ich nie tun! Ich kann deinen Standpunkt verstehen.«

»Na, toll«, sagt er.

»Du fehlst mir, Tom. Deine blöde Musik fehlt mir. Kommst du denn nicht wieder nach Hause? Ich weiß, Weihnachten war total daneben, sie sind völlig überarbeitet und sie hatten morgens zuviel Champagner getrunken, aber sie wollen wirklich, daß du wieder nach Hause kommst.«

»Nein.«

»Kann ich dann heute nacht hier schlafen?«

»Nein, kannst du nicht«, sagen beide gleichzeitig, und das bringt sie zum Lachen.

»Lacht nicht ohne mich!« schreit Griselda.

Sie fahren sie nach Hause, lassen sie aber am Ende der Straße aussteigen und sehen ihr nach, bis sie im Haus verschwindet. »Es ist nicht besonders lustig für sie«, sagt er.

Er geht zum Pool und schwimmt unglaublich viele Längen. Danach döst er mit dem Kopf in ihrem Schoß, während sie sich einen Film über Jane Austen ansieht. Er liest kaum jemals einen Roman, stellt sich heraus, es sei denn, er ist auf der Bestsellerliste. Selbst dann scheint er zu glauben, daß jede Prüfungsfrage beantwortet werden kann, wenn er die Texte nach einer bestimmten, selbstentwickelten Theorie nur flüchtig durchliest. Sie hat das schon bei anderen erlebt, allerdings irritiert es sie, daß er sehr schnell lesen kann, und nach dem, was er ihr von seinen Noten erzählt, scheint es bei ihm auch zu funktionieren. »Wäre es nicht einfacher, es richtig zu lesen?« hat sie gefragt. Offensichtlich geht es hier ums Prinzip. Es war Louises Sohn, vor dem sie sich im Zug geschämt hat, ihm ihren Thriller zu zeigen, nicht Tom. Es lag wahrscheinlich an den Unterweisungen beim Abendessen, sagte er. »Wie könnten wir das Thema wohl angehen, Tom? Glaubst du, Huckleberry war ein Rassist?« Sie hat ständig versucht, mich weiter zu bringen. Bei ein paar Dingen funktioniert das, aber nicht bei Geschichten. Er mag Filme, die von vorneherein Filme waren. Casablanca. Die sieben Samurais und alle amerikanischen und italienischen Spinoffs. Ganz neue oder sehr alte Filme sind die besten, denkt sie, dann können sie sich nicht über Dinge streiten, an die sie sich erinnert und er nicht. Wenn sie sich einen Film ansehen, in dem mehr Blut vorkommt, als sie zu ertragen vermag, dann kann sie sich in seine Arme kuscheln und so tun, als schliefe sie. Sie kann Krimis lesen, aber sie kann sie nicht ansehen. Ihm macht Gewalt auf dem Bildschirm überhaupt nichts aus. Er hat sie ja nie am eigenen Leib erfahren.

Sie pflegte bestimmte Dinge beim Fernsehen zu tun, die sie jetzt nicht mehr tut. Sie macht keine Übungen mehr, um einen flacheren Bauch zu bekommen, und sie geht auch nicht mehr zum Yoga. Sie strickt nicht mehr, obwohl sie in diesem Sommer eine Baumwolljacke fertigbekommen wollte. Er würde sich vielleicht gar nichts dabei denken, aber sie will nicht das Risiko eingehen, daß er sie eines Abends ansieht und ihm dabei eine mittelalte Frau in den Sinn kommt. Was für eine blöde Idee.

Tom hat seine eigenen Empfindlichkeiten. Eines Morgens ist er in der Küche. Sie hört, wie er dort nach etwas Eßbarem sucht, das ihn bis zum Mittagessen zufriedenstellt. Im Hintergrund läuft das Radio. Er summt ein

Jingle mit. Dann folgt ein Beitrag über eine Schauspielerin und ihren jugendlichen Geliebten. Eine Schranktür klappt, sie hört Toms leichten Tritt, dann dreht er abrupt, mitten im Satz, das Radio ab.

Es gibt ihr einen kleinen Stich. Keine Angst, Tom. Du bist alt genug.

Als Louise wieder anruft, ist er in der Bücherei. Dieses Mal gibt sich Louise anscheinend Mühe, ruhig zu bleiben, aber sie stellt die gleiche Frage: »Was willst du eigentlich?«

Was soll sie darauf antworten? »Was willst du denn, Louise?«

»Daß du meinen Sohn nach Hause schickst.«

»Ich kann ihn nicht schicken.«

»Soll das heißen, du würdest es tun, wenn du könntest?«

Will sie das wirklich wissen? Diese Frage kann ich beantworten. »Nein, das soll es nicht heißen.«

»Dann haben wir nichts mehr zu bereden. Du bist gemein!«

Gemein.

Sie sagt ihm nichts von dem Anruf.

In den Bergen sind Buschfeuer ausgebrochen. Im Westen ist Tag und Nacht ein roter Schein am Horizont. Schwarze Blätter segeln langsam auf die Straßen der Stadt, an jenem Tag, als sie sich mit Katie im Café der Bücherei trifft.

»Mußtest du dir gerade den Sohn deiner Freundin aussuchen?« sagt Katie. »Und nicht nur irgendeiner Freundin, sondern auch noch Louises Sohn?«

»Ich habe ihn mir nicht ausgesucht.«

»Du meinst … oh. Na gut. Ich verstehe ja, daß sich

Kinder manchmal etwas in den Kopf setzen, aber hier geht es um erwachsene Verantwortlichkeiten ...«

»Wenn er nicht ... zumindest in dieser Hinsicht ... auch ein Erwachsener wäre.« Sie hat die Hände vor sich auf den Tisch gelegt. Nicht allzu entspannt. Wie oft muß ich solche Gespräche noch führen?

»Es ist ein Tabu, Aly! Dafür gibt es Gründe!«

»Ich kann nichts daran ändern.« Das klingt herausfordernder, als ihr zumute ist.

»Eine Lehrerin ...«

»Ich bin NICHT SEINE Lehrerin!« Es ist schwierig, leise zu schreien.

»Reg dich nicht auf, Aly. Zwei Capuccinos, bitte. Du mußt zugeben, daß ...«

»Ich gebe es zu. Ich gebe alles zu.«

»Und was hast du davon, Aly?« Katie beugt sich vor und redet noch leiser. »Geht es nicht doch nur um Sex? Worüber unterhaltet ihr euch eigentlich?«

»Das ist nicht das Problem.«

»Du bist auf die intellektuelle Ebene eines Sechzehnjährigen zurückgegangen?«

»Das muß an all den Jahren als Lehrerin liegen.«

»Bitte, Aly. Überleg dir, mit wem du sprichst. Kennen wir uns nicht schon lange genug? Wenn eine Freundin ... sieh mal – Eric. Kann es vielleicht sein ... daß du dich von einem Jungen angezogen fühlst, weil er nicht so bedrohlich ist?« Katie lehnt sich zurück. Was für eine Einsicht! »Denk einfach mal darüber nach.«

»Ich muß nicht darüber nachdenken. Wenn man bedroht worden ist, dann bedeutet ›nicht bedrohlich‹ eine ganze Menge. Aber das hat mit Tom nichts zu tun. Erspar mir deine Analysen, Katie.« Während sie das sagt, denkt sie jedoch: Katie sieht erschöpft und unglücklich aus. »Als nächstes wirst du mir noch erzählen, er brauche eine Mutter. Nun, er hat eine Mutter. Und übrigens, war das Ganze Louises Idee?«

»Ich kann verstehen, wie sie sich fühlt.«

»Ich auch.«

»Du bist keine Mutter.«

»Du auch nicht.«

Katie bricht in Tränen aus.

»Oh, Aly, hast du gewußt, daß ich es ständig versucht habe?« Alyson schüttelt hilflos den Kopf. Katie keucht die Worte hinter vorgehaltener Hand hervor, als ob sie hoffe, sie doch noch für sich behalten zu können. »Diese Behandlungen! Sie sagen immer, sie seien nur ein bißchen unangenehm, aber es tut so weh! Von den Medikamenten siehst du alles doppelt. Und jedes Mal, wenn du wieder hingehst, ist die Arzthelferin so schrecklich freundlich! Sie weiß alles über dich, und sie sagt Sachen wie ›Oh, das war Pech‹ oder ›Nächstes Mal klappt es bestimmt!‹. Sie meint es ja gut, und, Aly – ich meine es auch gut, es tut mir so leid!«

»Ist schon in Ordnung«, sagt sie. Arme Katie. Soviel Schmerzen zu ertragen, nur um einen gelangweilten kleinen Brian zu haben.

»Dabei geht es in Wirklichkeit gar nicht darum!« schluchzt Katie. »Warum ich das alles durchmache! Brian! Er hat immer über Leute geredet, die Sex mit Studenten haben, und Studenten, die Briefchen unter der Bürotür durchschieben. Und plötzlich habe ich gedacht, er tut es auch! Warum ich mir da so sicher bin? Weil ich Briefchen unter seiner Bürotür durchgeschoben habe, als ich Studentin war, Aly!«

»Das hast du gemacht?« So ein eifriges Mädchen war Katie also damals. Du lieber Himmel.

»Du kannst dir nicht vorstellen, was für Briefe … Danke«, sagt sie höflich und wendet sich von dem Kellner ab, der natürlich ganz deutlich sehen kann, was los ist.

»Katie, vielleicht irrst du dich.« Aber falscher Trost ist kein Trost. Und Tom würde keine Sekunde lang annehmen, daß sie sich irrt.

»Ich irre mich nicht.« Sie nimmt die Hand vom Mund. »Eine Studentin wollte ihn wegen sexueller Belästigung anzeigen. Das dauerte eine Zeit, und dann war es vorbei, und es ist nie zu einem Verfahren gekommen. Er sagte, es wäre nichts gewesen, aber ich wußte es besser. Ich habe mich nicht geirrt.«

»Was willst du tun?«

»Ich weiß nicht. Ich bin mir nicht sicher, ob ich ihm seine Dummheit verzeihen kann, abgesehen von allem anderen. Ich muß darüber nachdenken.« Sie putzt sich die Nase. »Jetzt weißt du es also. Mir geht es schon wieder besser. Es tut mir leid, daß ich so streng mit dir war. Ich kenne dich, Aly. Du bist zwar ein bißchen … überdreht, aber ich glaube nicht, daß es dir leichtfällt. Du kennst Louise. Alle … natürlich sind alle peinlich berührt und schrecklich neugierig, einschließlich mir, aber der allgemeine Konsens ist, daß du ein bißchen neben dir stehst …« Sie lächelt kläglich. »Hast du ein Taschentuch? Danke. Nicht, weil du in Versuchung gekommen bist, ihr Tom wegzunehmen, oder ihn gegen sie aufzubringen oder was auch immer … so überraschend es auch sein mag … er ist entzückend, ganz ohne Frage, die Haare, die Augen, die Laute und alles … die Leute sagen schon seit Jahren, daß er mal ein richtiger Herzensbrecher wird, noch eindrucksvoller als Toby …«

Das haben sie gesagt? Und mir ist er nie aufgefallen? Die Laute? Ja, die Laute ist sexy. Das hat Louise damit wahrscheinlich nicht beabsichtigt.

» … und mit ein bißchen Glück machen sie auch nicht

soviel Aufhebens um ihn ... nicht wegen solcher Dinge jedenfalls, sondern weil er sich mit Louise auseinandersetzt«, schließt Katie.

»Es freut mich, daß ich ein bißchen zur Unterhaltung beitrage.«

»Na ja. Leute. Ich habe sogar gehört ... von jemandem, der dich kaum kennt, das war auf einer Party ... daß es daran läge, weil du selbst ein bißchen kindlich bist. Auf die sanfte Art, obwohl ich weiß, wie das täuschen kann, die Molligkeit, entschuldige Aly, die *leichte* Molligkeit, die krausen Haare, die Röcke ...«

»Wenn das alles ist, was sie von sich geben können, dann habe ich wohl genug gehört«, sagt Alyson eisig.

Katie leckt Schokoladenpulver von ihrem Löffel. »Und was wirst du jetzt tun?«

»Ich weiß nicht.«

»Warum läßt du ihn nicht einfach ... wieder nach Hause gehen? Und wartest, bis er ein bißchen älter ist?«

»Läßt ihn.« Laß ihn. Schick ihn.

»Ich meine nicht, daß du ihn wirklich aufgeben sollst, nein, das meine ich natürlich nicht. Du solltest vielleicht nur warten. Bis er zwanzig ist, sagen wir mal.«

Zwanzig. Es gibt da ein Gedicht. Was ist Liebe? Den Rest habe ich vergessen ... Komm, küß mich, süße Zwanzig. »Das ist eine lange Zeit.« Wer weiß schon, was dann ist? Sie versucht zu lächeln. »Ich wäre dann genau doppelt so alt wie er.«

»Besser als jetzt. Und du wärst auch nur *einmal* doppelt so alt wie er. Danach geht's nur noch bergab«, erklärt Katie. »Ich muß jetzt gehen. Oh, Alyson, ich weiß nicht, ob ich dich bedauern soll ... oder was sonst?«

Zu Hause ist es kühler. Von hier kann man den roten Schein nicht sehen. Unter dem Teufel liegt eine Nachricht. Bin zum Pool gegangen. Ein emphatisches »T« in einem Herz.

Es gibt noch ein anderes Gedicht über Liebe, oder? Auf einer CD, die Tom sich von seinem Lautenlehrer geliehen hat, war eine Vokalversion mit Lautenbegleitung. Was ist die Liebe, sag es mir. Ist's dieser Brunnen, diese Quell', wo Lust und Reue ich verspür'. Bla bla. Es ist ein Sonnenstrahl im März, es ist ein leiser, weher Schmerz. Eine Blume, die blüht und verwelkt im Herz. Ja, in Ordnung. Das geht auch.

Sie stellt den Fernseher an. Tagsüber fernzusehen ist fast nie eine gute Idee. Eine dieser stereotypen Talkshows. Frauen, die über einen Popsänger phantasieren, von dem sie nie gehört hat, während sie mit ihren Ehemännern schlafen. Ein Mann jammert: »Ich kann sie verstehen.« Hinter ihnen in Großaufnahme das Gesicht des Sängers. Alyson zieht ihren BH aus und reibt die roten Druckstellen, die er hinterlassen hat. Entweder liegt es am heißen Tag oder ich bin zu fett.

Tom findet das allerdings nicht. Letztens lag er quer über dem Sofa, wie er es immer tut, las in einem Buch aus der Bücherei und griff nach ihrer Hand, als sie vorüberging. Sieh mal, Aly, sagte er. Sie kniete sich neben ihn und blickte in das Buch. Als sie sah, daß es um den Akt in der Kunst ging, lächelte sie. Solange es Kultur ist, scherzte sie, und er erwiderte lächelnd, das hier erinnert mich an dich. Eine Frau mit rötlichen Haaren, die in einem rosafarbenen Nebel lag. Renoir. Seine Blautöne sind verblaßt, das hat nicht immer so rosa ausgesehen, sagte er kenntnisreich zu ihr, und während des Sprechens fuhr er mit den Fingern die Linie der Brüste und der Hüfte entlang. Sie ist ganz genau wie du, ganz weich. Ich wünschte, ich könnte Figuren zeichnen, Aly. Dann würde ich dich zeichnen, und das Bild würde noch schöner als dieses hier. Daß er sie schön findet und sich gar nicht, erstaunt sie immer wieder. Sie hat zu ihm gesagt, Tom du bist wunderschön, wirklich. So jemanden wie dich hat noch nie jemand gemalt. Wenn ich auch nur ein bißchen Talent hätte, würde ich es dir zeigen. Und als sie sich in diesem Moment über ihn beugte und die Wölbung seiner Augenbrauen und die herzergreifende Klarheit seiner Augen in sich aufnahm, und seine harmonischen Gliedmaßen, überkam sie so etwas wie Verzweiflung. Ihre Fähigkeiten – nichts Besonderes oder Ausgebildetes – würden nie ausreichen, um auch nur einen Bruchteil dessen, was sie empfand, auszudrücken, sogar wenn sie an irgend etwas Alltägliches dachte, wenn sie ihn sah. Wie auch immer sie es ihm zu zeigen versuchte, alles würde flüchtig, kurzlebig… sobald sie es getan oder hervorgebracht hätte, wäre es verloren! Er würde nie im Ganzen wissen, was sie meinte, wenn sie sagte, du bist wunderschön. Dann fiel Toms Buch mit aufgeschlagenen Seiten zu Boden. Wortlos ergriff er mit einer zeitlosen, schamlosen, männlichen Geste ihre Hand und drückte sie hart und drängend gegen sein Geschlechtsteil. Und das Gefühl löste sich auf in Freude über das Unkomplizierte, was er in diesem Moment von ihr wollte. Oh, das kann er haben, das kann ich! Das ist das Leichteste auf der Welt!

Der Sänger ist verschwunden, und das nächste Thema erregt ihre Aufmerksamkeit. Frauen, die Jungen lieben. Du lieber Gott!

Die Frauen sind auf dem Bildschirm, direkt vor ihr. Gott sei Dank ist er draußen! Eine Lehrerin mit langen Haaren und geschlitztem Minirock – eine frühere Lehrerin –, eine Schlampe, ein Flittchen! Und die Jungen sind solche, die überall da herumlungern, wo sie nichts zu suchen haben, die, die die Mädchen nicht wollen. Alle quatschen selbstgefällig vor sich hin. Es ist wie in einer alten Monty-Python-Show. Wieviele solcher Leute mag es wohl geben? Die Sendung zieht sie magisch an. Als sie vorbei ist, hat sie das Gefühl, von einem Passanten auf der Straße einen Schlag in die Magengrube bekommen zu haben. Und dann fängt sie an zu lachen. Das ist es! Warum eigentlich nicht Mums beste Freundin? Geh ins Fernsehen! Laß nichts aus! Und sie lacht, läßt sich aufs Sofa zurücksinken, und lacht, bis sie nicht mehr kann.

Dann steht sie auf und geht unter die Dusche. Sie wäscht sich die Haare und zieht etwas Frisches an, wobei sie daran denkt, wie ihre Mutter nachmittags, bevor ihr Vater nach Hause kam, immer badete und einen frischen Baumwollkittel anzog. Eine altmodische Sitte von Frauen, die dazu bestimmt waren, zu Hause zu sein, und doch so viel mehr. Und ihr Vater ist schon so lange tot. Und dennoch freut sie die Erinnerung daran.

Es läutet an der Haustür. Hat er den Schlüssel vergessen?

Es ist Toby.

Er benimmt sich ganz normal, und zumindest hat sie etwas Sauberes an, ein überdimensionales T-Shirt. Sie wünscht, sie trüge etwas Solideres, und sie hätte ihren BH wieder angezogen. Er geht zum Kaminsims, wo die Bergteufel nebeneinander stehen. »Ich erinnere mich an diese Figuren. Ich hatte einen Schotten mit einem Kilt. Das ist Folk Art, nicht wahr?« bemerkt er schwerfällig. »Nun, Aly, was sollen wir tun?«

Es klänge blöd, wenn sie ihn bäte, sie nicht mehr Aly zu nennen.

Er streicht sich über das Kinn. Pater Familias. »Die ganze Situation bringt uns und Griselda sehr durcheinander«, sagt er.

»Mir gefällt es auch nicht, mit euch in einer Seifenoper zu spielen.« Schwach, und Toby hört auch gar nicht hin.

»Laß ihn nach Hause gehen, Aly. Es wäre gesünder für den Jungen und für seine Schwester. Als Kinder hast du sie doch gerne gemocht, oder? Das ist doch alles nur eine Verirrung. Wenn es jetzt aufhört, ist kein größerer Schaden entstanden außer ein paar verletzten Gefühlen. Eine Erfahrung, von der wir alle lernen können. In der Zukunft ...«

Der Schlüssel dreht sich im Schloß.

»Was tust du hier?« sagt Tom.

»Ich rede mit Aly.«

»Jetzt redest du mit mir.«

»Ich rede mit Aly darüber, was die Geschichte bei deiner Mutter bewirkt. Und bei mir.«

»Worüber redest du dann?« sagt Tom. »Du solltest dankbar sein. Wir haben euch wieder zusammengebracht.«

Tu das nicht, Tom.

Toby wendet sich zu ihr. »Was hast du mit ihm gemacht?« sagt er, beinahe im Konversationston. »Konntest du nicht einfach den Mund halten, ihn seine Erfahrung machen lassen und ihn mit ein bißchen mehr Wissen zurückschicken? Nein, du mußtest dein eigenes Werk daraus machen, und wir können jetzt sehen, wie wir damit klarkommen.«

Tom ist ganz starr geworden. Im gleichen Konversationston antwortet er: »Du Heuchler!«

Sein Vater geht.

Tom findet einen Weg. Es gibt einen Spezialkurs, hauptsächlich für ältere Leute, die zur Universität gehen wollen, aber auch für Jugendliche, die beim ersten Anlauf durchgefallen sind. »Im allgemeinen Ausgestoßene der Gesellschaft«, sagt er fröhlich. »Weißt du, ich will nicht, daß die Schule dich weiter belästigen kann. Und ich will auch nicht, daß meine Eltern weiter die hohen Gebühren bezahlen müssen. Sie können mich nicht zwingen, auf der Schule zu bleiben, und ich kann das ganz alleine regeln.«

Ein kurzes Gespräch mit Toby am Telefon, und dann ist alles erledigt.

Er bekommt einen Job in einem Fast-Food-Restaurant am Highway, abends. Es sei nicht so schlimm, behauptet er, abgesehen von dem Hut. Sie geht hin, um ihn von draußen zu beobachten. Sie geht nicht hinein. Der Hut ist lächerlich. Tom sieht nicht lächerlich aus, er wirkt energiegeladen. Ein paar andere Jungen und Mädchen arbeiten auch da. Ob Toby und Louise wissen, daß er hier ist? Fast hat sie Angst, ihnen dabei zu begegnen, wie sie ebenfalls hier herumlungern und durch das Fenster spähen.

Als er nach Hause kommt, riecht er nach Bratfett, und sagt, er hat für alle Zeiten Hamburger satt. Er duscht sich und lernt dann noch ein paar Stunden.

»Bist du sicher, daß du das durchhältst?« fragt sie ihn.

»Warum nicht?« Er versteht die Frage nicht. Er ist froh darüber, kein Schuljunge mehr zu sein.

Samstags morgens geht er zum Lautenunterricht, vor seiner Schicht im Restaurant, und obwohl er nicht mehr so viel üben kann wie früher, findet er sonntags immer noch Zeit zum Spielen. Wie hat sie ohne seine Musik früher nur die Wochenenden überstanden? Seine Madrigale, seine Airs?

An ihrem ersten Schultag nach den Ferien lauert ihr der Direktor auf, als sie sich einträgt. »Alles in Ordnung, Alyson?«

»Ja«, sagt sie und sieht ihm nicht in dle Augen. Zumindest wird er nichts mehr von Toms alter Schule hörcn. Das hat ihm am meisten Sorge bereitet, da die Beziehungen zwischen den Direktoren eine halb private, halb öffentliche Angelegenheit sind. Also ist jetzt vielleicht alles ausgestanden.

Es bleibt jedoch nichts beim Alten.

Als sie eines Samstags morgens ihre Balkonkästen bepflanzt und versucht, genau die überhängende Wirkung zu erzielen, die sie haben möchte, hört sie ein polterndes Geräusch auf der Treppe. Sie öffnet die Tür, und er steht davor, sucht nach seinen Schlüsseln und balanciert einen hochkant gestellten Wohnzimmertisch gegen die Wand.

»Sieh dir das an, Aly!« sagt er. »Ich habe ihn praktisch für ein Lied bekommen, da oben am Highway. Ist er nicht toll?« Es ist wahrhaftig ein Nierentisch. Sie könnte ihn kaum gräßlicher finden. Sie hat schon gemerkt, daß das Design der fünfziger Jahre ihn fasziniert. Leopardenfelle, Kunststoffböden und Tütenlampen. Für ihn sind das Antiquitäten. Für sie ist es das gräßliche Zeug, das ihre Mutter nicht wegwerfen konnte, bis es abgenutzt und schäbig und noch häßlicher als am Anfang geworden war. Leider interessiert er sich für Innenarchitektur genauso wie für das Äußere von Gebäuden. Die italienischen Architekten, die er bewundert, entwerfen alle auch Möbel, und wahrscheinlich träumt er ebenfalls davon.

Und jetzt denkt er, dies ist sein Zuhause, und er kann es auch einrichten.

Seine Aufregung läßt nach. »Du findest ihn abscheulich.«

»Ich *hasse* ihn geradezu!«

Noch nie zuvor haben sie sich so über irgend etwas gestritten. Sie sagt ihm, daß der Tisch nicht in der Wohnung bleiben kann. Er zieht ihren Geschmack in Zweifel. Dann verzieht er sich hinter seine Kopfhörer, lümmelt sich in dem Sessel, den er als floralen Müll bezeichnet hat. Er hört Rockmusik, für sie deutlich erkennbar, weil sie so laut gestellt ist, daß sie das ganze Zimmer erfüllt. »Du wirst taub werden!« schreit sie. Er nimmt die Kopfhörer ab, um zu hören, was sie sagt, dann setzt er sie wieder auf. Man erwartet eigentlich nicht, sich mit einem Minderjährigen über Einrichtungsfragen zu streiten. Es gibt eine Menge Dinge, die man nicht erwartet.

Am Ende steht der Tisch vor dem Kaminsims, und er legt seine Büchereibücher darauf.

Er hat mich nicht überwältigt, denkt sie. Er ist groß, er könnte es. Er ist nicht laut geworden. Natürlich habe ich nachgegeben.

Dann kommt er eines Nachts nicht direkt vom Restaurant nach Hause. Er geht mit den anderen Jugendlichen, die dort arbeiten, auf eine Party. Als er schließlich, sehr spät, zurückkommt, ist er betrunken. Sie steht auf, in ihrem Nachthemd. »Tut mir leid, Aly«, murmelt er und schwankt hinter ihr ins Badezimmer, wo er sich fürchterlich übergibt. Dann kriecht er ins Bett und schläft sofort ein. Das Badezimmer sieht grauenhaft aus. Sie zieht ihr Nachthemd aus, macht es sauber und duscht dann. Im Schlafzimmer riecht es auch nicht besonders gut. Sie öffnet das Fenster. Er murmelt etwas im Schlaf und legt schwer seinen Arm über sie. Sie schiebt ihn weg.

Am nächsten Morgen schämt er sich, obwohl er sich an das Schlimmste gar nicht erinnert. Sie versucht, nicht allzu wütend zu sein. Sie kann nicht mit ihm reden wie eine Mutter, mit dem Finger drohen und ihm sagen, du mußt noch viel lernen. Und er ist kein Kind mehr. Er ist jemand, der die Grenzen des Möglichen noch nicht genau kennt. Wenn es so wäre, dann wäre er nicht bei ihr.

Es passiert nicht wieder. Anscheinend hat er es ganz von alleine gelernt.

»Meinst du, ich sollte mir einen Schnurrbart wachsen lassen, Aly?« fragt er. »Ich sähe damit älter aus.«

»Nein!« Sie ist entsetzt. Sie sagt nicht, daß das lächerlich aussehen würde.

In einer Hinsicht haben sich die Dinge beruhigt. Es gibt nur noch schweigende Mißbilligung, und von Toby und Louise etwas, das ihnen wie schweigende Bedrohung vorkommt. Eigentlich passiert nichts, außer dem, was in ihrem Kopf vor sich geht. Sie schafft sich ihre Probleme ganz allein.

Am schlimmsten ist es nachts. Sie kann ihre Gedanken nicht davon abhalten, sich im Kreis zu drehen. Sie rutscht von Tom weg, ganz an den Rand des Bettes, und dann wieder hin zu ihm, döst mit offenen Augen vor sich hin, sieht im Dämmerlicht, wie ihm seine weichen blonden Haare über die Stirn fallen, fühlt sein gleichmäßiges Atmen auf ihrem Gesicht.

In dieser einen Nacht steht sie auf, schaltet das Licht in der Küche ein, macht sich einen Kamillentee und setzt sich an den Tisch, um ihn zu trinken. Abends hat sie hier noch gearbeitet; ein Stapel Papier und ein Stift liegen noch da. Sie nimmt sich ein Blatt und teilt es mit einer wackligen Linie in zwei Hälften. In die linke

Spalte schreibt sie alle Namen der ältlichen männlichen Hollywoodstars, die immer noch jedes junge Mädchen haben können. Auch andere Namen. Pablo Casals hat eine Studentin geheiratet, die ungefähr sechzig Jahre jünger war als er. Möglicherweise ein Rekord, und umgekehrt unvorstellbar. Es sei denn, man zählt *Harold und Maude* dazu. Hübscher kleiner Film, aber als Antwort taugt er nicht so ganz. Künstler natürlich, Picasso ... ernsthafte Kunst, Popkultur, es macht eigentlich keinen Unterschied. Sie könnte die Liste ewig fortsetzen. In der rechten Spalte steht Mrs. Robinson. Eine Schauspielerin, die sicher kaum älter war als ich, und eine Schönheit, aber sah sie nicht auch etwas verwüstet aus? Ihr Stift drückt ein Loch in das Blatt Papier. Was war mit dem Film, wo die Frau mit dem Zimmergenossen ihres Sohnes im Aufzug ... vergiß es. Schrott. Klassiker? *Der Rosenkavalier.* Die Marschallin, bei der Verlust großartig klang. Kate Chopin. Was für ein Ausverkauf ist das, *Das Erwachen*? Sie stirbt schließlich am Ende! Die Französinnen. Edith Piaf teilt ihr Grab mit einem jungen Mann. Ein Plus. Jedenfalls in gewisser Hinsicht. *Chéri.* War Chéri so jung wie Tom?

Diese schreckliche Szene, wo er sie so sieht, wie sie schließlich geworden ist, grau und korpulent. Schock, Entsetzen, und für immer unglücklich. Obwohl Colette selbst sich nichts daraus gemacht hat, da sie von einem jungen Ehemann bis zum Tode gepflegt worden ist. Dieses Plus wird durchgestrichen. Weil die Geschichte, die sie erzählt hat, immer noch so ziemlich die einzige ist.

Tom steht nackt in der Schlafzimmertür, gähnt und reibt sich die Augen. »Aly? Was machst du da?«

»Nichts. Ich konnte nicht schlafen. Möchtest du Tee?«

»Nein. Komm wieder ins Bett.«

Sie will nicht, daß er sieht, wie sie diese verrückte

Liste zerreißt, damit er nicht denkt, es wäre was Besonderes. Also schiebt sie sie unter den Stapel Papier und geht wieder ins Bett. Am Morgen vergißt sie zwar nicht, sie wegzuwerfen, aber sie wirft auch keinen Blick mehr darauf. Sie braucht es nicht.

Es ist ein Ding, das rasch vergeht, drum nimm es wahr, wenn es entsteht. Und das ist Liebe…

Er ist siebzehn.

8

Seit Wochen schon regnet es. Auf dem Balkongeländer sitzen Vögel und schütteln ihr nasses Gefieder oder starren nur trübsinnig vor sich hin. So viele Würmer, wie es gibt, können sie gar nicht fressen, sagt er. Die Spinnen haben begonnen, Zuflucht im Haus zu suchen. Groß und haarig kommen sie aus den Bäumen. Er liebt es, sie für sie mit den bloßen Händen zu entfernen, und sagt ihr, daß sie harmlos sind, was sie weiß.

Heute abend hat er sich im Restaurant freigenommen, um zu einem Auftritt seines Lautenlehrers in einer Halle in der Nähe zu gehen. Er kommt nicht nach Hause. Vielleicht sind sie danach noch etwas essen gegangen. Trinken nicht. Das tut er nicht, wenn er mit dem Motorrad unterwegs ist.

Sie hat ihre Arbeit beendet und sich den Spätfilm angesehen. Es regnet immer weiter. Sie geht ins Badezimmer, um das Fenster zu schließen, weil es hineinregnet, und hebt ein nasses Handtuch auf, das er einfach zu Boden hat fallen lassen. Oh, Tom.

Eine Zeitlang geht sie hin und her, von Zimmer zu Zimmer. Es ist spät.

Sie kennt den Namen seines Lehrers und weiß auch ungefähr, wo er wohnt. Das Problem ist, daß in der gleichen Gegend zwei Leute mit demselben Namen im Telefonbuch stehen. Es ist ein Uhr. Und wenn sie nun einen völlig Fremden aufweckt? Was soll sie sagen, wer sie ist?

Um viertel vor zwei ist es ihr egal. Sie wählt die erste Nummer. Falsch. Es tut mir leid, daß ich Sie gestört habe. »Schon in Ordnung«, krächzt eine verschlafene Stimme.

Unter der zweiten Nummer meldet sich eine Frau, nicht verschlafen, sondern scharf, wie Menschen, die spät noch auf sind und keinen freundschaftlichen Anruf erwarten, sondern die Nachricht von einem Tod oder den Anruf eines Perversen. Sie stammelt ihre Frage. Das Konzert heute abend, Ihr Mann ... Tom Gabrielli, der mit mir zusammenlebt? Ein Mann kommt ans Telefon. »Wer spricht da?«

Tom Gabrielli lebt mit mir zusammen.

»Was? Tom ist nach Hause gefahren ... wir haben noch Kaffee getrunken ... das muß so gegen elf, halb zwölf gewesen sein. Sie sind nicht Louise?«

Nein. Danke. Es tut mir leid, daß ich Sie gestört habe.

Sie steht mitten im Zimmer und denkt daran, wie Louise einmal alle Krankenhäuser angerufen hat.

Das Motorrad ist stehengeblieben, weit entfernt vom nächsten Telefon. Die Telefone funktionieren sowieso nie, wenn man sie braucht, sie sind entweder verwüstet worden oder mit Münzen vollgestopft. Er wird nach Hause kommen, patschnaß, und sie wird ihn ausschimpfen. Oh, Tom, ich wollte schon alle Krankenhäuser anrufen, die Polizei. Er wird sie küssen, wird sie nicht auslachen, weil es wirklich sehr spät ist, er weiß das, sie regt sich nicht grundlos auf. Er wird ihr versprechen, daß er sich nächstes Mal an die Zeiten hält, wenn er kann. Sie wird vergessen, wie es sich anfühlte. Dieses Warten.

Viel später steht sie immer noch da und ringt die Hände. Das tut sie eigentlich sonst nie. Das Gefühl rast durch ihren ganzen Körper. Irgend etwas muß geschehen. Sie muß sich erkundigen.

Die Türglocke. Die Tür ist viel weiter weg, als sie gedacht hat.

»Wohnt hier Thomas Gabrielli? Sind Sie seine Mutter?«

Er wohnt bei mir. Sie weiß nicht, ob sie es sagt oder nicht, ob sie überhaupt ein Geräusch von sich gibt.

Der Polizist blickt auf das Papier in seiner Hand und sieht das Alter. »Sind Sie die Vermieterin?«

Sie sieht ihn einfach nur an. Bittet ihn, zu reden, zu schweigen.

Nasse Straße, sagt er. Windige Ecke. Ein Hund oder vielleicht auch ein Opossum.

Seltsamerweise hört sie sich selbst fragen, ob dem anderen Fahrer etwas passiert sei.

Das ist gut, weil Tom es schrecklich fände, wenn er jemand anderen verletzt hätte.

»Ich fahre sie ins Krankenhaus«, sagt er.

Denk nach. Denk an Louise.

»Ich muß seine Eltern anrufen.«

Niemand geht ans Telefon, und der Anrufbeantworter ist nicht angestellt. Wenn er es wäre, was würde sie sagen?

Sie greift nach ihrer Tasche.

»Regenschirm?« sagt der Polizist. »Draußen ist es naß. Und stürmisch.«

Dieser Teil des Krankenhauses ist hell erleuchtet. Vor dem Eingang steht ein Notarztwagen, und eine Trage wird gerade hineingebracht. »In Ordnung, meine Liebe«, sagt ein Krankenpfleger zu der Patientin auf der Trage. »Wir sind fast da.« Ein verzerrtes, verständnisloses Gesicht, weiße Haare mit Lockenwicklern. Lauf.

Anscheinend machen es sich alle zur Aufgabe, sie aufzuhalten. Sie in eine andere Richtung zu schicken, ihr einen anderen Treppenaufgang zu zeigen, eine andere Stuhlreihe.

Die Ärzte tragen Anzüge, anscheinend kommen sie von einem Abendessen, der Art von Abendessen, wo Reden gehalten werden. Es ist, es war Samstag abend. Große, dunkelhaarige Männer, in guten Anzügen und Positionen, die eindringlich miteinander reden.

»Sind Sie seine Mutter?«

Das Knie ist an mehreren Stellen gebrochen, der Knochen hat die Haut durchstoßen. Er hat Nierenprellungen, aber das ist kein großes Problem. Was ein Problem sein könnte, sind die Kopfverletzungen, trotz des Helms. Sie müssen eine Tomographie machen.

Sein wundervolles Hirn, voller Musik, Gebäude, Motorräder und Sex. Nicht die geringste Gemeinheit darin. Nichts über Handtücher, die vom Boden aufgehoben werden müssen, nichts.

Im Flur gibt es ein Telefon.

Über dem Telefon hängt ein Bild. Die bunten, scharfkantigen Streifen darauf, die die Leute fröhlich stimmen sollen, tun ihren Augen weh. Toby sagt: »Wir sind gerade nach Hause gekommen. *La Traviata* und Abendessen. Was zum Teufel … Alyson?«

Sie bringen ihn zurück, sie steht neben seinem Bett.

»Er ist noch bewußtlos«, sagt die Krankenschwester. »Bevor wir Genaueres wissen, versuchen Sie bitte, sich keine Sorgen zu machen.«

Was heißt hier Genaueres?

Er hat einen Verband um den Kopf, und sie kann sehen, daß sie ihm darunter die Haare abrasiert haben. Sie legt vorsichtig ihre Hand auf seine, und zum ersten Mal passiert überhaupt nichts. Unter dem Laken ragt ein nackter Fuß hervor. Niemand beachtet sie. Sie beugt sich darüber und küßt ihn.

Louise in schwarzen Seidenhosen und einem eleganten Jackett in Herbstfarben ist ein leuchtender Schmetterling, der von dem Licht um das Bett angezogen worden ist.

Alle Menschen, die um Toms Bett stehen, sind so elegant angezogen, daß man sie nur bewundern kann.

»Sind Sie die Mutter?« Die Augen der Krankenschwester wandern fragend von einer zur anderen.

»Ich bin die Mutter«, sagt Louise.

Die Tomographie zeigt keine ernsthafte Verletzung. Er muß natürlich beobachtet werden. Was für ein Glück, Glück, Glück! Tom hat wirklich Glück gehabt. Gehen Sie nach Hause, sagen sie.

Draußen auf dem Gang sitzt Maura, seine Großmutter, mit Griselda, die in ihren besten Klamotten an ihrer Schulter döst. Maura erhebt sich steif mit ihren langen Beinen. Griselda springt ebenfalls auf und hält ihre Hand fest. Was für ein Glück, sagt Toby. Ein großes Glück, sagt Maura ernst.

»Glück! Glück!« schreit Louise leise und rauh. »Was hat er Samstag nacht auf der Straße gemacht, mitten in der Nacht bei Wind und Regen, ein unerfahrener Fahrer, was hat er da gemacht?«

»Liebling«, sagt Maura.

Louise schüttelt die Hand ihrer Mutter ab. »Was hat er da gemacht?«

Nicht weit weg, es war nicht weit weg, will sie sagen, aber die Frage ist ihr selbst schon tausendmal durch den Kopf gegangen, und das ist nicht die Antwort. Was hat er da draußen gemacht?

»Liebling, es geht ihm gut...«

»Es geht ihm gut? Wie kannst du so etwas sagen? Es geht ihm gut? Was nennst du gut gehen? Sie hat mir meinen Sohn genommen, und damit nicht genug, sie hat auch noch das hier geschehen lassen! Sein Bein ist zertrümmert! Sein Kopf! Er wäre fast gestorben! Du kennst sie doch! Du weißt, wie sie mich immer beneidet hat, die kleine Alyson, wegen meiner Karriere, meines Hauses, meines Mannes! Die ganzen Jahre über. Sie hat mich um meinen Sohn beneidet, den Menschen, den ich am meisten auf der ganzen Welt liebe! Du hast mir gesagt, sie meint es nicht böse. Aber jetzt, kannst du es *jetzt* verstehen?«

Griseldas Gesicht ist ganz leer geworden. Maura legt den Arm um sie. »Denk doch erst nach, bevor du sprichst, Louise!«

»Nachdenken! Habe ich in der letzten Zeit etwas anderes getan? Darüber, wo er ist, was er tut! Darüber, wie sein ganzes Leben durcheinandergeraten ist, seine Chancen, seine Träume, alles. Darüber, wie ich ihn zur Welt gebracht habe, seine Scheiße weggewischt habe, die ganze Nacht an seinem Bett gesessen habe, wenn er nach Atem rang ... sein Asthma! Mit ihm gelitten, auf ihn aufgepaßt habe, und jetzt bin ich diejenige, die ihm nachspioniert hat, diejenige, die ihm nicht gönnt, was er haben will, diejenige, die durch ein Fenster beobachten muß, wie er Hamburger brät, diejenige, die von *ihr* erfahren muß, wenn er einen Unfall hatte! Nachdenken! Die ganze Zeit über habe ich nachgedacht, und hast du mir etwa geholfen? Hast du mir jemals im Leben beigestanden? Beantworte mir das!«

»Ich kann nicht alles, was du tust oder sagst, richtig finden, Louise, auch nicht, um dir beizustehen, was immer das auch bedeuten soll. Das ist einfach nicht richtig. Tom wird nicht sterben, er ist jung, er wird wieder gesund, er ist immer noch dein Sohn. Wir alle hier haben jeden Grund, dankbar dafür zu sein, daß er am Leben bleibt. Laß uns nach Hause gehen.«

»Du schließt sie mit ein? Du wagst es, mir zu sagen, daß sie allen Grund hat, dankbar zu sein, und daß sie ein Recht hat? Dieses egoistische Monster, sie hat überhaupt kein Recht ...«

Seine Füße zu küssen.

Sie geht weg, den Flur entlang.

»Louise, jetzt reicht es!«

»Glaubt sie etwa, er wird sie nie verlassen? Das ist doch nur eine Frage der Zeit! Ist sie so dumm? Ist sie krank?«

Die Stimmen sind nicht leise genug. Der Tonfall ist unmißverständlich.

Ein stämmiger junger Krankenpfleger kommt an ihr vorbei und geht entschlossen auf die Gruppe zu. »Schon gut, Leute«, hört sie ihn sagen. »Wir sind alle sehr aufgeregt, aber hier ist weder die richtige Zeit noch der richtige Ort dafür. Hier liegen kranke Menschen, vergeßt das nicht. Geht nach Hause und schlaft ein paar Stunden. Hinaus!«

Der Himmel kurz vor der Dämmerung ist klar und grau, wie Toms Augen, wenn er aufwacht.

Sie steht vor dem Eingang, und sie gehen wortlos an ihr vorbei. Auf dem stillen Parkplatz ertönt Tobys Stimme: »Steig ein, Griselda.« Das Schlagen einer Tür, das Quietschen von Reifen auf der nassen Straße. Toms Reifen, wie sie auf der nassen Straße gequietscht haben, Tom, wie er zur Seite geschleudert wurde. Er lag auf der einen Seite der Straße, das Motorrad auf der anderen, hat der Polizist gesagt. Das Motorrad ist Schrott.

Ein Auto hält vor ihr, Maura beugt sich zur Seite und öffnet die Tür. »Soll ich dich mitnehmen, Alyson?«

»Ein Polizist hat mich hierher gebracht.«

»Dann steig ein.«

Mauras dritter Ehemann, derjenige, der beim Tennisspielen mit Tom gestorben ist, hat sie als reiche Frau zurückgelassen. Im Gegensatz zu ihrem zweiten, der sie nur als mäßig reiche Frau zurückgelassen hat, und zu ihrem ersten, der ihr Louise hinterlassen hat.

Das Auto ist das Auto einer reichen Frau.

»Ich muß mich aufs Fahren konzentrieren«, sagt Maura. »Ich bin nicht mehr so jung, und ich bin müde.« Eine unnötige Warnung. Wenn sie jetzt von Tom redete, würde sie zusammenbrechen. Von Louise zu reden wäre undenkbar.

Maura sieht aus wie Tom. Sie blickt sie von der Seite an. Tom sieht aus wie sie. Diese klare Linie von Wangen und Kiefer ist bei seiner Großmutter noch genauso ausgeprägt, nur von silbernen Haaren umrahmt. Als ich sie das letzte Mal zusammensah, sah man es Toms Gesicht noch nicht an, und ich hätte es wahrscheinlich auch gar nicht bemerkt.

Als sie die Autobahn verlassen haben, weist sie ihr den Weg … hier links, nein, Entschuldigung, rechts … in ihre Straße und zu ihrem Haus.

Maura blickt an dem Haus hoch. »Also hier wohnt Tom. Ich hätte es herausfinden können. Ich habe daran gedacht, euch zu besuchen.«

Von irgendeinem unbekannten Ort in ihrem Gehirn kommt eine angemessene Erwiderung. »Du wärst uns willkommen gewesen.«

»Ich hätte kommen sollen. Aber du warst ja nicht einsam.«

»Nein.

»Alyson, ich hatte drei Ehemänner. Louise hat ihren Vater früh verloren. Ich war viel unterwegs und habe sie allein gelassen. Ich habe ständig neue Männer angeschleppt. Davon zwei Stiefväter. Louise hält fest, was sie hat. Ich trage eine gewisse Verantwortung für das, was heute nacht ... heute morgen vor Toms Zimmer passiert ist. Mehr kann ich wirklich nicht sagen. Ich kann mich nicht dafür entschuldigen.«

»Das erwarte ich auch nicht.«

»Nein, das tust du wirklich nicht, nicht wahr?«

In dem Bäumen um sie herum lärmen die Würgerkrähen. Sie steht auf dem Grasstreifen und sieht zu, wie das große Auto langsam um die Ecke verschwindet. Ihre Füße und die Beine ihrer alten Blue Jeans sind naß vom nächtlichen Regen.

Immer noch klar im Kopf ruft sie im Krankenhaus an. Keine Veränderung. Es ist noch zu früh. Sie geben ihr zu verstehen, daß sie lästig ist, und wahrscheinlich haben sie Louise genauso empfunden.

Sie zieht ihre Kleider aus und läßt sie zu Boden fallen, wie Tom es immer macht, zieht die Vorhänge zu und legt sich hin. Mit jedem Atemzug kommt eine neue Angst. Was, wenn die Ärzte unrecht haben? Was, wenn er doch nicht wieder gesund wird? Was, wenn es ihm jetzt, wo sie sie nach Hause geschickt haben, wieder schlechter geht? Wird sie jemand anrufen? Nein, er könnte sterben und keiner würde sie anrufen. Erst, wenn es zu spät wäre. Sie hätte ihn keinesfalls verlassen sollen! Unglaublich, sie döst wirklich ein. Wacht auf. Schläft wieder ein, unruhig. Im Schlaf bewegt sich ihre Hand. Ganz von selbst sucht sie die leere Seite des Bettes, und ein paarmal setzt sie sich in plötzlicher Panik auf. Wo ist Tom? Es ist schon hell, und er ist noch nicht zu Hause!

Sie ruft wieder an. Die neue Schicht hat begonnen. Jemand mit einer genauso barschen Stimme, aber nicht ohne Wärme. Er hat das Bewußtsein wiedererlangt und schläft jetzt.

Sie liegt da, hellwach, mit weit offenen Augen.

Er weiß nichts von dem, was passiert ist. Gott sei Dank.

Was Louise gesagt hat. Es stimmt nicht, daß ich sie um ihre Karriere beneidet habe. Auch nicht um ihr Haus oder um Toby, obwohl er vielleicht Gründe hatte, sie das glauben zu lassen. Auch nicht um Tom oder Griselda. Nein, Griselda wurde nicht erwähnt.

Ich habe sie um die Tatsache beneidet, daß sie nie eine falsche Bewegung machte, daß sich alles immer zu ihren Gunsten entwickelte. Das habe ich wirklich, und das hätte ich auch zugegeben. Ist das so schlimm?

Deshalb aber habe ich Tom nicht gewollt. Ich habe begonnen, ihn als ihn selbst zu sehen. Und er sah mich.

Was den Rest angeht, so hat Louise durchaus recht.

Louises Auto steht auf dem Krankenhausparkplatz. Alyson geht weg, fährt in der Gegend herum. Kommt wieder zurück. Sie ist immer noch da. Alyson trinkt Tee in der Cafeteria des Krankenhauses. Leute in Bademänteln, Leute, die Infusionsständer mit sich herumschleppen, Gehhilfen schieben, umgeben von allen möglichen rollenden und hängenden Apparaten. Eine ganz eigene Welt, deren Vorhandensein man ganz vergißt, wenn man sich nicht in ihr aufhalten muß. Will Louise den ganzen Tag bei ihm bleiben? Was, wenn sie das wirklich tut? Was, wenn sie ihn überhaupt nicht sehen kann? Aber natürlich kann ich ihn sehen. Ich muß nur einfach hinaufgehen. Und was dann?

Das Auto ist weg.

An seinem Bett stehen Blumen. »Ich habe dir keine Blumen mitgebracht«, sagt sie.

Seine Lippe ist gespalten, aber er sagt: »Komm näher.«

Sie legt ihr Ohr an seinen Mund. »Du bist eine Blume«, flüstert er. »Du bist hübsch, du riechst so gut.«

Der Mann in dem anderen Bett steht auf und geht aus dem Zimmer.

Sie bedeckt die Innenfläche seiner Hand mit Küssen.

Die Routine ist folgende: Louise kommt morgens, Maura als Puffer nachmittags, allerdings nicht jeden Tag. Alyson geht nach der Schule hin. Toby bringt nach der Arbeit Griselda mit.

Tom hat Schlafanzüge. Er hatte natürlich immer schon Schlafanzüge. Er hat sie nur nicht mit zu ihr gebracht, da er keinen Sinn darin sah, und jetzt hat Louise sie ihm mitgebracht, Louise nimmt sie auch wieder mit nach Hause und wäscht sie.

Sie lernt seinen Lautenlehrer kennen, der aufsteht und ihr den Besucherstuhl überläßt und so schnell wie möglich geht. Einmal begegnet sie einem Schulfreund, mit dem er sich manchmal am Pool getroffen hat. Er geht womöglich noch eiliger.

Eine junge Assistenzärztin kommt vorbei und stützt sich mit den Ellbogen aufs Fußende. »Der Katheter ist also draußen«, sagt sie. »Haben Sie irgendwelche Schwierigkeiten beim Wasserlassen?«

Tom lächelt breit und schüttelt den Kopf. Der Schlafanzug ist blau, so blau wie seine Augen. Als die Ärztin sein Schlafanzugoberteil hochschiebt und sich mit ihrem Stethoskop über ihn beugt, blickt Alyson weg.

An den Wochenenden ist es schwieriger. Sie hält immer noch Ausschau nach den Autos, aber manchmal übersieht sie sie, und dann begegnen sie sich. Einmal kommt sie herein und sieht Louise mit dem Rücken zur Tür dort sitzen. Sie geht einfach wieder hinaus und wartet.

Sobald sie zurückkehrt, sagt Tom zu ihr: »Tu das nicht wieder, Aly.«

Er weiß nichts.

Als die Zeit fortschreitet, bekommt er schlechte Laune. Er haßt seinen Gips, der aus irgendeinem High-tech-Material besteht, anders als die Gipsverbände, an die sie sich erinnert, er haßt es, daß seine Haare inselförmig nachwachsen. Sie hat ihm seine Bücher mitgebracht, und ein paar seiner Lehrer haben ihn besucht und ihm auf die Sprünge geholfen, aber er lernt nicht. Vor lauter Frustration steht er neben sich.

Toby besucht sie noch einmal, und dieses Mal weiß er, daß sie allein ist.

»Ich gebe zu, daß ich Angst hatte, Alyson, soviel Angst, wie noch nie zuvor in meinem Leben. Du auch. Glaub bloß nicht, daß ich das unterschätze.«

Das ist der zutrauliche Toby. »Ich hatte es nicht so leicht in meinem Leben, wie du vielleicht glaubst«, sagt er, als sie ihm ein Bier eingeschenkt hat. »Mein Vater war ein Säufer, meine Mutter verbittert. Tom weiß das. Hat er es dir erzählt? Nein ... na ja, er ist noch jung, er möchte über andere Dinge reden. Ich versuche nicht, dich zu beeinflussen, ich wollte dir nur sagen, daß seine Geburt das Beste war, was mir je passiert ist. Ich wollte ihm alles geben. Louise ... sie ist seine Mutter. Wegen der Nacht, in der der Unfall war, Alyson ... du darfst es ihr nicht übelnehmen. Sie sagt eben manchmal schreckliche Sachen. Gelegentlich hat sie so etwas auch zu mir gesagt. Aber ihre Gefühle haben sie einfach überwältigt.«

Ja, in der Tat.

»Wir müssen miteinander reden. Über Toms Zukunft. Du sagst, das ist seine Sache. Aber er ist *siebzehn*, Aly. Das ist ein Wendepunkt in seinem Leben.«

»Siebzehn ... aber es gibt Kinder, die sind jünger als Tom und sind ...« Was wollte sie noch sagen? »... obdachlos und Prostituierte.« Toby senkt das Kinn und sieht sie über seine Brillengläser vorwurfsvoll an. Was hat das mit Tom zu tun? Er hat die Hände vor sich gelegt. Er sieht nicht aus wie Toby der Weiberheld, er sieht aus wie Toby der Richter, der er vielleicht eines Tages sein wird. Sie bemüht sich, wieder zur Sache zu kommen. Einmal haben Tom und sie im Fernsehen einen Dokumentarfilm über Kinder gesehen, die im Bürgerkrieg in Liberia kämpften, kleine Kinder, die Panzer fuhren und riesige Gewehre schwenkten. »Sie sterben in Kriegen«, sagt sie.

»Nichtsdestotrotz, Aly. Darum geht es hier wohl kaum, angesichts dessen, was passiert ist. Das wirft ihn zurück, und zwar zu einem entscheidenden Zeitpunkt. Er lernt nicht, das siehst du ja. Er müßte eigentlich verdammt hart arbeiten, um alles nachzuholen, und selbst dann stünde es noch auf Messers Schneide. Bei diesen Verletzungen braucht er eine lange physiotherapeutische Nachbehandlung. Und du weißt, daß er etwas sehr Schwieriges studieren möchte. Er wollte immer schon Architekt werden. Er muß in Mathematik gut sein, und das ist seine Schwäche. Hast du das gemerkt?«

Er sieht ihr an, daß sie es nicht gemerkt hat, daß Tom es ihr gegenüber nie erwähnt hat, und sie sieht ihm an, daß ihm das Vergnügen bereitet. Ein Punkt für ihn. Und doch, denkt sie, gibt es Dinge, die nur ich über Tom weiß, und von denen ihr keine Vorstellung habt. Ein Teil von ihm ist ihnen nicht zugänglich, wird es nie sein, aber sie können es sich nicht leisten, das jetzt zuzugeben.

»Es ist keineswegs sicher, daß er es nach diesem Unfall schafft, Aly. Was ist, wenn er versagt? Wie wird er sich dann fühlen?«

Sie steht auf und geht zur Balkontür, um hinauszublicken. Er muß nicht ihr Gesicht sehen, um zu erkennen, daß auch dieser Punkt an ihn geht.

»Er hat für dieses Abenteuer viel aufgegeben. Die Schule … und täusch dich nicht, er war glücklich da, bis du kamst. Seine Freunde … er hatte ein paar wirklich gute Freunde. Du kannst mir auch nicht erzählen, daß er sich so intensiv mit seiner Musik beschäftigt, wie er es früher getan hat. Er brät Hamburger, wenn er eigentlich lernen könnte. Er hat den Streß und die Auseinandersetzung mit Louise. Sieh dir Griselda an, auch sie leidet, und er fühlt sich dafür verantwortlich. Und jetzt kommt noch hinzu, daß er möglicherweise durch die Prüfungen fällt. Es wird ihm leid tun, Aly. Er hat noch nie zuvor etwas in seinem Leben bedauert, aber das wird ihm leid tun. Er wird dir deswegen keine offenen Vorwürfe machen, er wird dir gegenüber loyal sein, aber was glaubst du, was er tief im Innern empfinden wird, wenn er ein bißchen älter ist und begreift, was er getan hat? Welchen Fehler er gemacht hat?«

Er hat nicht einen Satz gesagt, den sie selbst nicht auch schon einmal gedacht hätte.

Sie fühlt sich schrecklich, schrecklich müde.

Es ist nicht nur wegen Toby.

Tom lebt, wunderbarerweise lebt er. Sie hat nicht das Recht, mehr zu wollen.

Wie soll sie das Risiko, ihm noch mehr Schaden zuzufügen, rechtfertigen, wo schon soviel geschehen ist, im Namen von etwas, das unvermeidlich zu Ende gehen mußte – und es ist ja nicht so, daß sie es nicht schon immer gewußt hätte. Nein. Etwas, das im Bruchteil einer Sekunde, auf einer nassen Straße, zu Ende gegangen ist.

Er hat es eben nur noch nicht gemerkt. Er ist der einzige.

Wie in Trance steht sie an diesem Sonntag auf, zieht sich an, fährt zum Krankenhaus.

Laß es einen Grund geben.

Als sie in Toms Zimmer kommt, ist das andere Bett leer. Wenn jemand darin gelegen hätte, hätte sie einen Aufschub gehabt. Noch ein Tag.

Es gibt keinen Grund.

Tom sitzt auf der Bettkante. Ein Paar Aluminiumkrücken lehnen an seinem ausgestreckten Bein mit dem durchgescheuerten Gipsverband.

»Ich bin dabei, es zu lernen«, sagt er. »Ich bin hier bald raus.«

Sie setzt sich neben ihn.

Offenbar sieht er es ihrem Gesicht an.

»Nicht, Aly«, sagt er.

»Tom, du mußt wieder nach Hause gehen.«

»Darüber haben wir schon einmal geredet. Ich will nicht noch einmal darüber sprechen.«

»Du wärst fast gestorben. Aber du lebst, und das ist das Entscheidende. Jetzt mußt du tun, was du schon immer tun wolltest. Ich möchte nicht, daß du versagst.«

»Wovon, zum Teufel, redest du? Versagen? Ich werde nicht versagen!«

Sie steht auf, zittert am ganzen Körper. »Ich habe immer und immer wieder darüber nachgedacht, Tom.«

»Du weißt nicht, was du redest! Du hast die Nerven verloren!«

»Es ist das Beste so. Das Beste für dich!« Zu deinem eigenen Besten.

»Wie kannst du nur so dumm sein, Aly!« Er schreit jetzt. »Das ist ein schrecklicher Fehler!«

Auch er ist erschöpft. Er hatte viele Schmerzen. Unter

seinen Augen sind dunkle Ringe. Sie kann sie jetzt ganz deutlich sehen, weil sein Gesicht so weiß ist. So blaß hat sie ihn noch nie erlebt, weder an dem Tag, als sie ihn vom Bahnhof mit nach Hause genommen hat, noch an dem Abend, als seine Eltern alles herausbekommen hatten. Und der Junge, der nie weint, weint jetzt. Sie versucht, seine Hand zu ergreifen, aber er reibt sich wütend über die Augen und packt seine Krücken. Er will ihr folgen. Aber er ist noch zu ungeschickt, eine Krücke fällt zu Boden, und sie geht einfach weiter. Sie rennt einfach weg.

Den langen Korridor entlang. Der Aufzug ist voll. Sie steht mit fest geschlossenen Augen vor der Tür. Hinaus auf den Parkplatz. Sie kann sich nicht mehr an die Nummer der Parkbucht erinnern, in der ihr Auto steht. Zufällig kommt sie daran vorbei. Hockt sich hin, mit dem Kopf auf den Autoreifen, während um sie herum andere Autos einparken oder losfahren. Schließlich ruft jemand auf der Suche nach einem freien Parkplatz: »Geht es Ihnen gut? Sind Sie gerade erst gekommen oder fahren Sie?« Sie hebt den Kopf, dreht ihn verständnislos dem Geräusch entgegen. Als er ihr Gesicht sieht, sagt er hastig: »Lassen Sie sich Zeit«, und fährt weiter. Wahrscheinlich denkt er, jemand sei gestorben.

Toby kommt mit Griselda. Alyson hat Toms kleinere Habseligkeiten in seinem Rucksack zusammengepackt und ihn an die Tür gestellt. Die anderen Dinge hat sie in die gleichen Kisten gepackt, die er mitgebracht hatte. Ein paar Bücher mehr, einschließlich des Buches, das sie ihm zu Weihnachten geschenkt hat. Die größeren Kleidungsstücke hat sie auf das Sofa gelegt. Griselda trägt die Hemden und Jacketts auf Kleiderbügeln schweigend zum Auto hinunter. Sie sieht Alyson nicht an, die ganz still auf dem Balkon sitzt und die Augen fest auf einen Punkt genau über dem Horizont gerichtet hat.

Wolken. Nein, Smog.

Es ist nicht genug, daß etwas passiert. Immer müssen anschließend noch die Überreste entfernt, die Nachwirkungen beseitigt werden.

Toby kommt an die Balkontür. Er hält Toms Laute in der Hand. Er sagt: »Du weißt, daß du das Richtige tust. Es ist nur zu seinem Besten.« Er beugt sich hinunter, um sie zum Abschied zu küssen, und seine Lippen streifen ihren Mund. »Du bist eine schöne Frau, Aly.«

Heftig wendet sie den Kopf ab und einen Augenblick lang prickeln alle Nervenenden in ihrem Körper vor Abscheu. Aber es geht schnell vorüber. Sie ist zu müde, um sich Gedanken darüber zu machen, was er damit meint, es macht ihr nichts aus, gedemütigt zu werden.

Sie sagt nur: »Nenn mich nicht so«, und sieht weiter in die Ferne.

9

Eine Woche lang hat sie geschwollene Augenlider, Flecken auf Wangen und Hals. Wenn er jetzt zurückkäme, er würde sie nicht wiedererkennen.

Sie legt die Ballerina zusammen mit dem roten Teufel zurück in die Schachtel. Sie läßt sie offen und geht umher, um die anderen Dinge einzusammeln. Sein Liebesbrief. Weihnachts- und Geburtstagskarten, Erinnerungsstücke, die sie nie hätte aufbewahren dürfen. Was hat sie sich dabei gedacht? Sie muß sich jetzt darauf einstellen. Die CD, die er ihr geschenkt hat. Sie wird sie nie wieder spielen. *Lagrime mie.* Genausogut könnte sie sich das Herz aus dem Leib reißen und ihren eigenen Schreien lauschen. Das Photo von ihnen beiden, dieses hübsche, alberne Photo, das bis jetzt neben dem Bett gestanden hat. Die anderen Photos hat er bei seinen Sachen aufbewahrt, in Umschlägen, auf denen stand: Aly am Strand und so weiter. Sie hat sie, ohne hinzusehen, zwischen seine Bücher gelegt, wo sie jetzt niemand mehr zu vermuten braucht, und sie ihm nach Hause geschickt. Sie kann nicht wissen, was er damit tun wird. Schließlich legt sie noch den Jungen Mann vor einem brennenden Hintergrund in die Schachtel. Alles. Dann stellt sie sich auf einen Stuhl und verstaut die Schachtel weit hinten auf dem höchsten Bord ihres Kleiderschranks, wo sie sie nicht mehr erreichen kann.

Sie räumt das Kaminsims auf, hängt alle ihre Bilder wieder auf, verändert alles. Immer noch sieht sie ihn überall. Sie haben seinen Tisch nicht mitgenommen, sie hat nicht daran gedacht, ihn ihnen mitzugeben, weil sie sich an sein Vorhandensein gewöhnt hat. Es gibt keinen Platz, an dem sie einen Tisch verstecken könnte. Sie bringt seine Bücher zurück in die Bücherei und bezahlt die Leihgebühr.

Ganz unten im Wäschekorb, den sie vernachlässigt hat, als sie ständig ins Krankenhaus gefahren ist, findet sie Unterwäsche von ihm. Sie setzt sich auf den Badewannenrand und nimmt sie in die Hand. Sie ist nicht besonders erotisch, wie es die Unterwäsche von Frauen angeblich für Männer sein soll. Sie muß einfach nur gewaschen werden. Das hat er immer selbst gemacht, aber erst dann, wenn er überhaupt keine sauberen Unterhosen mehr hatte. Ein schrecklicher Wohnzimmertisch und ein Bündel schmutziger Unterwäsche. Tom.

Ein Schüler bricht in ihrer Klasse zusammen. Neuntes Schuljahr. Er steht an der Tafel und schreibt die Antworten auf ein paar Fragen über seine Gruppe darauf, und plötzlich schwankt er und fällt einfach so um, wobei er theatralisch gegen das Kreidebord knallt. Zuerst denkt sie, das sei eine dieser idiotischen Sachen, die sie so anstellen, dann gerät sie in Panik und rennt selbst aus dem Zimmer, um Hilfe zu holen. Keine besondere Glanzleistung.

Hinterher sagt Bill: »Du hast ihn doch nicht angefaßt, oder? Gut. Das ist die Hauptsache.«

Dann erzählt er ihr eine lange Geschichte darüber, wie er einmal, vor Jahren, einem Kind mit dem Zeigefinger an den Kopf getippt hat, und das Kind ist mit Schaum vor dem Mund umgefallen. »Er hatte eine weiche Stelle am Kopf oder sowas, und niemand wußte davon. Nur ein kleiner Stups mit dem Finger«, schließt er. »Die Eltern haben sich schrecklich aufgeregt. Du hast wirklich Glück gehabt.«

»Nur ein kleiner Stups«, sagt Mel skeptisch.

Sie hört zu, aber es spielt eigentlich keine Rolle. Dem Jungen geht es wieder gut.

Zu Hause sitzt sie am Tisch und korrigiert stundenlang die gleiche Menge an Arbeiten, für die sie früher vierzig Minuten gebraucht hätte. Das liegt an ihrer Müdigkeit.

Im Fernsehen laufen Werbespots darüber, was man mit seiner Rente machen soll, wenn man in Pension geht. Sie sagen, man soll alles Geld nehmen und dann einen Van kaufen und durch das Land fahren und seinen Partner auf einem Berg in irgendeinem Nationalpark umarmen. Das mit der Rente wird kein Problem sein. Das ist noch fünfundzwanzig Jahre entfernt. Doch was um alles in der Welt soll sie mit fünfundzwanzig Jahren anfangen? Das ist ihre Frage.

Sie hört nichts. Nach all diesen Monaten, in denen sie jeden Tag mit ihm zusammen war, herrscht nun völliges Schweigen. Wie dieses Schweigen sein würde, wie es an ihr nagen würde, hätte sie sich nie vorstellen können.

Katie weiß auch nicht mehr als sie. Louise schweigt sich aus, sagt sie.

Dann sieht sie eines Nachmittags, als sie Lebensmittel einkauft – mehr aus Gewohnheit, denn aus Bedürfnis – Griselda auf der anderen Straßenseite, mit einer Sporttasche über der Schulter. Sie geht ziemlich schnell, und Alyson muß laufen, um sie einzuholen. »Griselda! Griselda!«

Wahrscheinlich sieht sie seltsam aus: das Gesicht rot vom Laufen, außer Atem. Zuerst sieht Griselda ihr nicht in die Augen. Unbehaglich stellt sie ihre Tasche ab und zupft am Rock ihrer Schuluniform.

Keine einleitenden Floskeln. »Tom. Wie geht es ihm?«

Griselda zuckt mit dem Schultern. »In diesem Moment? Weiß nicht.«

»Ist er denn zu Hause?«

»Nicht wirklich. Er ist da und auch wieder nicht.«

Alyson würde sie am liebsten an den Schultern packen und schütteln. Aber nachdem sie den ersten Satz erst einmal herausgebracht hat, sprudelt Griselda hervor: »Er ist eigentlich nicht nach Hause gekommen. Er hat gesagt, das würde er nicht machen, und ich wußte es. Er meint immer, was er sagt. Er hat gesagt, er will zu Großmutter ziehen, und sie hat es erlaubt. Sie hat ein Zimmer für ihn im Garten. Also mußten wir alles *dahin* bringen, bevor er aus dem Krankenhaus entlassen wurde. Ich bin es satt, sein Zeug herumzuschleppen. Mum und Dad hat das ganz schön zu schaffen gemacht. Er geht jetzt zur Physiotherapie und schwimmt in dem geheizten Pool im Krankenhaus und lernt wie ein Besessener, um aufzuholen, was er versäumt hat. Grandma und Mum reden nicht mehr miteinander.« Mit dem Absatz ihres Turnschuhs kratzt sie sich am Unterschenkel. »Du bist nicht allein schuld, Aly, das glaube ich nicht. Ich versuche, fair zu sein.«

»Danke, Griselda.« Dankbar macht sich Griselda davon.

Er ist nicht nach Hause gegangen.

Sie überlegt, ob sie ihn anrufen soll. Tagelang denkt sie darüber nach. Jetzt, da sie weiß, wo er ist. Maura würde sie mit ihm reden lassen. Wenn er mit ihr reden wollte. Es wäre falsch, ihn darum zu bitten. Er muß gesund werden, arbeiten. Laß ihn in Ruhe. Das ist das Beste. Es ist vorbei.

Das Paar von gegenüber ist ausgezogen. Sie hat keine Ahnung. Und es ist ihr auch völlig egal.

In ihrer Wohnung ist es sehr ruhig und aufgeräumt.

Wenn sie nach Hause kommt, überlegt sie oft, kurz bevor sie den Schlüssel ins Schloß steckt, was sie zu ihm sagen könnte. Oder sie stellt sich vor, daß sie ihn spielen hört, erwartet beinahe, ihn da sitzen zu sehen, wenn sie die Tür öffnet. Wie er von seiner Musik aufblickt.

Wenn Tom spielte und ihm etwas gelang, dann hat sie mehr als einmal auf seinem Gesicht einen Ausdruck gesehen, den es auch hatte, wenn sie miteinander schliefen. Manchmal, wenn seine Finger auf den Saiten das fanden, was er wollte, dann kam sogar ein Laut aus seiner Kehle, der dem ähnelte, wenn er in ihr war. Für Tom war perfekte Musik wie ein Orgasmus, oder war es anders herum, daß ein Orgasmus für ihn wie Musik war? Nicht war. Ist, o Gott, ist. Sie denkt: Wenn ich diese besondere Sache wieder in meinen Kopf lasse, werde ich daran sterben.

Mitten in der Nacht, wenn der Schlaf ihre Selbstbeherrschung aufhebt, ist sie verletzlich. Manchmal glaubt sie, von seiner Stimme wachzuwerden. Aly, Aly, hört sie ihn leise sagen. Und wenn sie sich allein im Bett findet, ist sie verzweifelter denn je.

Die Frau über ihr, diejenige, die Tom so komisch angesehen hat, als er auf der Treppe auf sie gewartet hat, eine Frau, die sie kaum kennt und mit der sie nie geredet hat, außer über irgendwelche Dinge, die das Haus betreffen, sagt eines Morgens zu ihr: »Ich vermisse die Musik ihres Sohnes.«

»Er wohnt nicht mehr hier.«

Sie sagt nicht, er war nicht mein Sohn, haben Sie keine Augen im Kopf? Er war mein Geliebter.

Eines Tages ist ihr Auto in der Werkstatt, und sie nimmt den Zug. Sie stellt fest, daß es der gleiche Zug ist. Als sie an ihrer Station aussteigt, sieht sie den Sikh-Schaffner, der sich mit seinem Turban aus einem Fenster im letzten Waggon beugt. Er beobachtet, wie sie aussteigt, über die große Lücke zum Bahnsteig. Er kann keine weiteren Unfälle mehr gebrauchen. Sie nickt ihm knapp zu, sie möchte, daß er sich daran erinnert, daß sie früher einmal mit Tom hier war, aber er reagiert zunächst nicht. Dann, als der Zug wieder anfährt, lächelt er in plötzlichem Erkennen.

Wir waren nicht einsam, denkt sie, aber nur Fremde kannten uns.

Katie »braucht Abstand« von Brian und hat für das Wochenende ein Haus an der Südküste gemietet. Es ist ein altmodisches Wochenendhaus, genau gegenüber von einem Strand, an dem sich nur ein paar Surfer aufhalten. Sie verbringen den Tag mit Lesen, schwimmen ein bißchen, kaufen Fisch und Austern. Am Abend sitzen sie auf der Veranda und betrinken sich.

»Sie wollen jetzt, daß Frauen in der Menopause den Sex aufgeben«, grummelt Katie. »Die gesündesten, langlebigsten Frauen, die es je gab. Sie wollen, daß du Gartenarbeit machst … na ja, für dich ist das in Ordnung, du tätest das sowieso. Daß man sich in der Gemeinschaft betätigt … warum nicht, ich meine, Recycling ist ein wichtiges Problem, aber *anstatt*? Weise Matrone. *Matrone,* ich bitte dich! Ich schneide mir lieber die Kehle durch und setze meinem Leben ein Ende, als weise zu sein.«

»Du wirst dir keine Gedanken darüber machen müssen« sagt Alyson. »Kein Problem.«

Katie lacht bitter. »Weißt du was? Sie sagen, du hättest Tom verführt und ihn irgendwie als Gefangenen gehalten, und er hätte den Unfall inszeniert, um der ganzen Sache ein Ende zu bereiten. Ich widerspreche natürlich jedes Mal.«

Die Sterne schwanken am Himmel. Alyson schließt die Augen.

»Ich muß dich was fragen«, sagt Katie. »Vielleicht geht es inzwischen, das zu fragen. Ein Junge in diesem Alter – stimmt es eigentlich, was man sich so erzählt?«

Alyson steht auf und geht hinein. In dem fleckigen Spiegel, der im Flur hängt, leuchten ihre Wangen in einem häßlichen, betrunkenen Rot. Ja. Oh ja. Es stimmt alles.

Katie kommt taumelnd herein. »Entschuldigung«, sagt sie. »Wirklich, es tut mir leid, Aly. Ich weiß, wie du dich fühlst. Wirklich. Ich hasse Louise auch. Sie und ihr großartiger Mann, dieser Bastard! Ihre perfekten Kinder. Ich hasse sie wirklich.«

Am nächsten Morgen sind sie beide sehr gedämpft.

Katie hat beschlossen, sich scheiden zu lassen.

Alyson hat nichts zum Beschließen.

Im Blumenladen ist es friedlich. Kühl, feucht, grün. Der Geruch nach Erde, Moos, Torf und Dünger macht sie ruhiger. Manchmal unterhält sie sich mit der Frau, der der Laden gehört, einer sensibel aussehenden Frau in einer Schürze, die große Taschen für Blumendraht und Scheren hat. Eines Tages sagt diese Frau zu ihr: »Sie verstehen einiges von Pflanzen, nicht wahr?« Sie unterbricht sich, um ein zerdrücktes Blatt aus dem Mund eines vorbeikommenden Kleinkindes zu fischen. »Nicht giftig«, beruhigt sie die Mutter mit einem knappen Lächeln. »Das hätte mir gerade noch gefehlt, daß mir jemand ein Verfahren anhängt«, sagt sie, als die beiden außer Hörweite sind.

»Ich bin in einer Gärtnerei großgeworden. Mein Vater war Rosenzüchter.«

Die Frau zieht ein nachdenkliches Gesicht. »Sie sind nicht zufällig an einer Halbtagsstelle interessiert?«

»Ich bin Lehrerin.«

»Schade, es ist schwer, gute Leute zu bekommen. Selbst in Zeiten wie diesen.«

Es ist wie ein Zeichen. Nicht, daß sie daran glauben würde.

Im Lehrerzimmer prahlt Bill mit seinem Sohn, dem zukünftigen Rugby-Champion. »Erst fünfzehn, aber ihr solltet mal seine Muskeln sehen! Solche Oberschenkel!« Mit einem Seitenblick fügt er hinzu: »Nicht dein Typ, Alyson. Tut mir leid.« Sie hat nicht von ihrer Arbeit aufgeblickt, merkt aber, wie die Gruppe sich auflöst. Und sie mit einem Gedanken zurückläßt: noch ein Zeichen.

Sie hat all die Jahre hartnäckig an der falschen Wahl festgehalten. Sie hat gezeigt, daß sie es kann, und das war es wert. Aber genug ist genug. Es ist schon komisch, vor noch gar nicht allzu langer Zeit wäre dies eine gewaltige Entscheidung gewesen. Jetzt ist es einfach etwas, das sie tut. Sie kündigt.

Sie wird noch bis zum Ende des Jahres arbeiten, und dann wird sie ihre Pension und ihre Abfindung und all das nehmen und zur Bank bringen, wofür sie das Geld brauchen wird, weiß sie nicht.

»Sie sind nicht sehr groß«, sagt Tania, die Frau in der Schürze. »Das ist das einzige Problem. Können Sie schwere Sachen heben? Säcke mit Dünger, Paletten mit Setzlingen, ganze Stapel Töpfe?«

»Ich glaube schon«, sagt sie. Wenn man körperlich arbeitet, kann man gut schlafen.

Ihre älteren Schüler haben ihre Prüfungen abgelegt. Auch Tom hat seine Prüfung gemacht. Er wird schon nicht durchgefallen sein.

Als die Kinder fragen, ob sie nächstes Jahr wieder

kommt, sagt sie, sie wisse es nicht. Sie will in aller Stille verschwinden. Ein paar von ihnen wünschen ihr Frohe Weihnachten. Tiffany wirkt irgendwie zurückhaltend, scheint ihr aber nichts nachzutragen. Sie muß wissen, was passiert ist. Sie ist mit einem Jungen gesehen worden, der ein Sufi ist, und hat erklärt, sie wolle demnächst ihren Namen in etwas Spirituelleres ändern.

Mel, die ihr zusieht, als sie ihre Sachen in eine Kiste packt, sagt mit einem Unterton: »Das war nicht nötig.«

»Es hat nichts damit zu tun. Es ist mir nie leichtgefallen, Mel.«

Bill hört zufällig den letzten Satz und sagt humorlos: »Wir können nicht alle Superlehrer sein.«

Der Direktor wünscht ihr alles Gute. »Für all ihre zukünftigen Vorhaben.«

Sie hat Gewicht verloren. Als sie dieses Mal zum Weihnachtsfest nach Norden fährt, ist ihre Mutter so besorgt, daß sie gar nicht viel sagt, sondern sie lediglich gut bekocht.

Daß sie ihre Stelle aufgegeben hat, beunruhigt sie nicht sonderlich.

»Ich war noch nie der Meinung, daß es das Richtige für dich ist«, sagt ihre Mutter.

»Der Rentenanspruch wird überbewertet,« sagt ihr Stiefvater. »Gründe dein eigenes kleines Geschäft, werde dein eigener Boss. Nur so kommst du zu etwas. Dann ist es dein Geld und es sind deine eigenen Probleme, das brauche ich dir sicher nicht zu sagen. Mit Pflanzen kannst du zwar nicht reich werden, aber sie entschädigen dich, solange du lebst.« Er ist ganz begierig darauf, ihr etwas beizubringen, und endlich hat sie selbst auch wieder das Gefühl, etwas lernen zu wollen.

Sie ist sich nicht sicher, wie es passiert ... vielleicht liegt es daran, daß sie mit einer Kanne Tee und einem Teller Kekse in der Küche sitzen und es eine heiße Nacht ist, die Grillen machen einen Heidenlärm draußen, die Nachtfalter schwirren um die Lampen, und aus dem Nebenraum dröhnt ein Sportprogramm im Fernsehen, vermischt mit dem Jubel und den unterdrückten Anfeuerungsrufen ihres Stiefvaters. Ihre Mutter sitzt ihr im Morgenmantel gegenüber, und all das weicht ihren Schutzpanzer auf ... sie fängt an zu weinen. Ihre Mutter sagt: »Schatz, was ist los?« Und sie erzählt es ihr. Nein, nicht alles, aber genug.

Das Geschrei hört auf, und ihr Stiefvater kommt aus dem Wohnzimmer. »Was ist denn hier für ein Geplärre?« beschwert er sich. »Ich kann mir noch nicht mal in Ruhe die Ausscheidungskämpfe angucken.«

»Es geht um Liebe«, erwidert ihre Mutter.

»Weißt du jetzt endlich alles?« Er zieht sich einen Stuhl heran.

Alyson muß ab und zu unter Tränen darüber lächeln, wie ihre Mutter die Geschichte erzählt, sie kann sich nicht helfen. Er hört schweigend zu, sagt nur: »Was? *Wie alt*?«

Als sie zu Ende erzählt hat, beugt sich ihre Mutter vor und streichelt Alyson über die Haare. Sie riecht nach Lily-of-the-Valley-Puder. Als Kind hat Alyson die geblümte Dose mit diesem Puder in der Drogerie in der Muttertagsversion gekauft, eingewickelt in Geschenkpapier, auf dem noch mehr Blumen waren. Wenn sie es ihr schenkte, wurde es immer als die größte Überraschung auf der Welt entgegengenommen.

»Du bist ein sehr dummes Mädchen gewesen«, sagt ihre Mutter.

»Das haben andere auch schon gesagt. Das brauche ich nicht immer wieder zu hören, Mum.«

»Oh, na ja«, entgegnet ihre Mutter verletzt.

Ihr Stiefvater räuspert sich. »Ich glaube, deine Mutter meint«, sagte er milde, »daß du nicht mehr dagegen ankämpfen sollst.«

»Das meine ich auch.«

Es ist beinahe schockierend.

»Die Berge«, sagt ihre Mutter vernünftig, »das war ungezogen. Aber du meine Güte, in den Bergen gibt es im Laufe der Jahre eine ganze Menge Ungezogenheiten.«

Ihr Stiefvater lächelt, sagt aber nichts.

»Das Ganze ist ungewöhnlich, das sage ich dir. Aber es klingt, als sei er ein netter, sensibler Junge.«

»Ein frühreifer Junge«, bemerkt ihr Stiefvater.

»Das muß er wohl sein bei solchen Eltern. Ich kann mich noch gut an sie erinnern, diese Doktor Allwissend und dieser Mr. von Gottes Gnaden.«

Alyson lacht und leckt sich eine Träne von der Lippe.

»Keine würde für ihren Sohn gut genug sein, auch nicht, wenn er schon sechsundvierzig wäre. Ich kenne diese Art von Leuten«, sagt ihre Mutter und zeichnet mit ihrer freien Hand mit weitausholenden Gesten eine unsichtbare Ansammlung von Türmen und Quadraten. »Weltoffen, wenn es ihnen in den Kram paßt, ja, aber komm ihren eigenen Interessen in die Quere, und du wirst schon sehen, was du davon hast.«

»Ein Farmer mit einem offenen Tor und einem verlorengegangenen preisgekrönten Bullenkalb könnte nicht anders reagieren«, stimmt ihr Stiefvater zu. »Nur daß sie mit Worten kommen und nicht mit einem Gewehr.«

»Aber ich war ihre Freundin! Ich habe mir überhaupt keine Gedanken darüber gemacht, wie sie sich wohl fühlt.«

»Natürlich nicht. Du warst verliebt.«

Es ist anscheinend noch nie jemandem eingefallen, mit dem sie darüber geredet hat, außer vielleicht der klar denkenden Maura, daß das tatsächlich der Fall war. Ihre Mutter hat mit wenigen freundlichen Worten die Tür zu einer Zelle geöffnet, in der sie selbst zu viele einsame Tage und Nächte verbracht hat.

»Ja«, sagt sie fast unhörbar, »das war ich.«

»Du hättest schon noch darüber nachgedacht. Letztendlich hättest du versucht, es richtig zu machen. Alle Eltern wären schockiert gewesen. Es hätte Zeit gebraucht. Aber sie haben dir überhaupt keine Zeit gegeben, oder? Und dabei waren sie deine Freunde. Beide Seiten haben sich nicht richtig verhalten. Sie hätten dir deine Zweifel zugestehen sollen, und sich selbst hätten sie sagen müssen, daß es schlimmer hätte kommen können. Sie brauchten es ja nicht gutzuheißen, aber sie hätten es versuchen können. Oder sie hätten es einfach nur aussitzen müssen. Statt dessen haben sie sich aufgespielt und dich von Anfang an angegriffen und auf *die* Gelegenheit gewartet, zuzuschlagen, oder etwa nicht? Ich kenne dich. Da hast zwar versucht, dein Terrain zu verteidigen, aber du warst von Anfang an in der Defensive.« Ihr Stiefvater nickt zustimmend. »Du wolltest nicht kämpfen. Und als er verletzt war, kam ihre Chance.«

»Louise war unerreichbar, Mum, sie hat mich angeschrien, und dann kam Toby, und er ...«

»Strategie.«

»Was?«

»Aly, er ist Anwalt. Du solltest das doch wirklich am besten wissen. Was soll ich nur mit dir machen? Ihre Emotionen sind für sie Handwerkszeug. Sie lernen es, wie jeder irgend etwas lernt. Hat nicht auch Eric mit dir

Fangen gespielt? Was glaubst du, was er im Sinn hatte, als er so mit dir umgegangen ist?«

Sie fährt mit den Fingernägeln über die Kratzer auf dem Tisch. Sie waren dabei, als Eric eines Nachts mit der Faust auf diesen Tisch geschlagen hat, puterrot im Gesicht und mit kalten hellen Augen. Im nächsten Moment war er wieder ganz charmant. Es war gar kein besonderer Anlaß, er wollte nur in Form bleiben. Ich bin so blöd.

»Du hast gedacht, du hättest alles überwunden«, sagt ihre Mutter traurig. »Aber sie kennen dich besser. Sie wissen, daß du Mißbrauch nicht erträgst, sie kennen ja deine Geschichte.«

Alyson blickt entsetzt auf.

Während Toby in Robe und Perücke im Gerichtssaal stand, betreute Louise Doktorarbeiten, arbeitete nach Lehrplan und schrieb Aufsätze über Die Bedeutung des Phallus in *Troilus und Cressida* oder was auch immer. Beide funktionierten sie, gerieten nie außer Kontrolle. Keiner von beiden. Vor allem Louise nicht.

»Ich behaupte nicht, daß sie sich nicht wirklich aufgeregt haben«, sagt ihre Mutter. »Aber, Liebes, du läßt dich von ihnen übers Ohr hauen.«

Ja, ich bin schwachsinnig, denkt sie, es steht mir wohl im Gesicht geschrieben.

»Du mußt dich selbst besser kennenlernen«, sagt ihr Stiefvater. »Laß sie bei der nächsten Gelegenheit nicht zu nahe an dich herankommen, Aly. Was auch immer du tust, komm tänzelnd aus deiner Ecke.«

»Genauso«, bestätigt ihre Mutter. »Obwohl ich diese harten Sportarten hasse.«

10

Maura klingt älter. Alyson hört nicht nur etwas Zerbrechliches, sondern auch ein Zögern aus ihrer Stimme heraus, oder zumindest hat sie das Gefühl, es zu hören, weil sie so sehr darauf wartet.

»Du könntest ihn fragen, ob er etwas dagegen hat«, sprudelt sie hervor.

Aber Maura sagt: »Nein. Ich glaube, er wird sich freuen, von dir zu hören, Aly«, und gibt ihr nicht nur seine Nummer, sondern auch seine Adresse.

Was bringt sie auf den Gedanken, daß er sich freuen würde? Sie hat mich Aly genannt. Sie möchte gerne fragen, ob sie über sie geredet haben. Aber sie kann nicht, und Maura bietet ihr nicht mehr an Hilfe an.

Sie ruft ein paarmal an. Er ist nicht da, niemand ist da. Ihr Entschluß wankt. Eine Zeitlang hört sie auf, es zu versuchen.

Beim nächsten Versuch kommt ein Mädchen ans Telefon, aber er ist nicht zu Hause. Die Apathie des Mädchens macht es ihr unmöglich, herauszubekommen, wann er wieder da sein wird. Sie wird nicht gefragt, ob sie eine Nachricht hinterlassen möchte, aber sie hätte sowieso keine hinterlassen. Auch nicht beim folgenden Anruf, als ein Junge, ohne seinen Mund vom Hörer zu nehmen, brüllt: »Ist Tom da? Nein. Tut mir leid.«

Es dauert wochenlang, bevor sie sich dazu überwinden kann, es noch einmal zu versuchen. Das Telefon steht anscheinend im Flur, sie hört Schritte, aber nicht seine, Stimmen, eine Tür wird zugeknallt. Dann das Geräusch von jemandem, der die Treppe hinunterrennt. Es kommt ihr so vor, als ob sie jemanden murmeln hört: Es ist schon wieder diese Frau. Vielleicht aber auch nicht. Sie weiß sowieso kaum noch, was sie hört. Ihr ist übel.

Vergiß es. Leg den Hörer auf.

Es ist seine Stimme.

Maura hat sich geirrt. Er freut sich nicht, obwohl er schrecklich höflich ist. Wie geht es ihm? Nun, er wohnt jetzt hier. Und, wie ist das? Nicht schlecht, mit ein paar Leuten zusammen. Keine angehenden Architekten, er hat die Wohnung am schwarzen Brett gefunden. Sie ist billig. Er jobt stundenweise in Olivers Büro, alles, was an Arbeit anfällt. Kopieren, hilft ihm bei den Modellen. Papier und Styropor.

»Du arbeitest für einen Modernisten?«

»Es ist ja nur ein Job«, antwortet er, und sie hört kein Lächeln.

Es kostet ihn wohl einige Anstrengung, aber er fragt sie trotzdem, wie es ihr geht. Sie erzählt ihm von dem Blumenladen. Ab und zu, immer wenn sie mich brauchen. Bald werde ich auch wieder eine richtige Stelle haben. Ich überlege zur Zeit, ob ich einen Kurs in Gartenbau belegen soll, und dann …

Das ist gut, sagt er. Und dankt ihr für den Anruf.

Sie fährt am Haus vorbei. Es ist eins dieser Häuser, die langsam aber sicher vor sich hin gammeln. Das eiserne Treppengeländer ist schon vor langer Zeit verkauft oder abgerostet und nicht ersetzt worden, außer oben an der Veranda, die offenbar in den sechziger Jahren mit Glas und Holz verkleidet wurde.

Beim nächsten Mal parkt sie um die Ecke und geht zu Fuß vorbei. Jemand in dem Haus muß eine Katze haben.

Vor der Haustür steht eine gesprungene Schüssel mit einem wachsigen gelben Rand.

Louise macht sich jetzt wahrscheinlich wirklich Sorgen wegen Drogen. Geschieht ihr recht.

Es gibt eine häßliche Bezeichnung für das, was sie tut. Oder es würde sie zumindest geben, wenn er es wüßte, und wenn sie sich sicher wäre, wie er es empfindet. Fände er es ganz schrecklich, könnte er sie anzeigen. So funktioniert das in der Regel. Aber er weiß es noch nicht. Und wenn doch, wird sie es schon noch erfahren. So denken wahrscheinlich alle Verrückten, die so etwas machen.

Arme Frau. Nehmt sie fest.

Es ist nicht besonders sinnvoll.

Sie denkt, ich habe nie wirklich Risiken auf mich genommen. Ich wußte nicht, daß Eric gefährlich war. Und nach ihm wollte ich nur nie wieder verletzt werden. Als ich Tom kennenlernte, hat sich alles geändert. Ich lernte, daß es Belohnungen gibt, die jedes Risiko wert sind. Dann schwankte ich, taumelte, fiel. Und jetzt habe ich keine andere Wahl mehr, als dies hier allein zu tun. Und am meisten Angst habe ich davor, wie er mich wohl ansehen wird.

Sie parkt gegenüber vom Haus am Straßenrand. Sollte er herauskommen mit ... sagen wir mal, einem Mädchen oder jemandem ... wird sie wegfahren. Er wird sie noch nicht einmal sehen. Doch sie wird wiederkommen. So oft es nötig ist.

Es ist jetzt fast ein Jahr her. Er ist achtzehn. Für sie klingt das schon ziemlich alt.

Ein altes Auto, eine kleine Rostlaube, hält hinter ihr an. Sie bemerkt es gar nicht, weil sie die Straße in die Richtung hinunterblickt, aus der er ihrer Meinung nach kommen wird.

Und dann steht er neben ihrem Seitenfenster.

»Ich habe das Motorradfahren aufgegeben«, sagt er.

Sie steigt aus.

Er hat sich den Schnurrbart wachsen lassen, von dem er geredet hat, und auch einen kurzen Bart. Seine Haare sind ganz kurz geschnitten, und sie sind nicht mehr so hell. Und doch ist er immer noch so sehr derselbe, daß sie kaum sprechen kann.

»Du hast eine Katze«, sagt sie an der Türschwelle.

»Die gehört zum Haus. Sie streunt hier herum.«

Er hebt Post auf, die vor der Tür liegt, und wirft sie auf den Tisch, auf dem das Telefon steht.

Er küßt sie. Ein Küßchen auf die Wange, so wie er es seiner Mutter geben würde, oder Maura oder Griselda, wenn sie zu Besuch kommen. Aber er hat sie nicht auf der Straße geküßt, wie er es bei ihnen gemacht hätte. Das haben sie nie getan. Der Schnurrbart ist kratziger, als er aussieht.

Er führt sie in die Küche. »Was für einen Tee möchtest du? Wir haben alle möglichen Kräutersorten, sogar Ginseng.«

»Egal, irgendeinen.«

Der Geruch von Studentenwohnungen hat sich nicht geändert. Kaltes Fett, verschüttetes Bier, übervoller Abfalleimer, ungewaschene Handtücher, altbackenes Brot, Kerzen, ein Hauch von Dope. Weniger Patchouli und Räucherstäbchen als früher, dafür mehr Aromatherapie.

Die Haustür geht auf. Ein Mädchen kommt herein. Sie ist sehr dünn. »Hast du meine Psychologie-Notizen gesehen? In einer zerknitterten grünen Mappe?« Sie setzt sich an den Tisch, schließt die Augen und stützt den Kopf auf die Hände. Ob sie wohl dableiben will? Offensichtlich hat sie nicht vor, sich vorstellen zu lassen. Zumindest ist er an diesem Typ Mädchen nicht interessiert.

An der Grenze zur Magersucht, so wie die Arme aussehen, und völlig in sich selbst versunken. Ein langweiliges, unverständliches Mädchen. Im gleichen Haus mit ihm zu wohnen und sich nichts aus ihm zu machen. Geh weg. Bitte.

Sie sieht zu, wie er den Tee aufgießt. Der Bart ist gestutzt, er hat eine Form, die richtigen Ausmaße, ist nicht ausgefranst oder zu üppig. Sie mag ihn nicht. Dann denkt sie noch einmal darüber nach. Er will dadurch erwachsener aussehen. Er trägt auch Stiefel. Dadurch spielt er seine Schönheit herunter, aber vielleicht kommt ihm das auch gelegen. Und es sieht vertraut aus.

»Wie geht es Griselda?«

»Sie hat Karate aufgegeben. Sie hat sich die Schulter ausgerenkt, und danach hat sie aufgehört.« Er stellt einen Becher mit Tee vor sie hin, und einen vor das Mädchen, das »danke« murmelt. »Sie hatte plötzlich eine Schwachstelle, und deshalb konnte sie damit nicht weitermachen.«

Nichts im Vergleich zu meiner Schwachstelle.

Das Mädchen nimmt seinen Teebecher und geht.

Ihre Miene hellt sich auf. Sie blickt auf den emaillierten Herd. »Hier gibt es wirklich genug Sachen aus den Fünfzigern für dich.«

»Man darf bloß nie barfuß herumlaufen, der Fußboden ist schmutzig.«

Er hat so eine knappe, prägnante Art zu reden, die er früher nicht gehabt hat. Na ja, das ist eben so, wenn man zur Universität geht.

»Ich besitze immer noch den Tisch, den du gekauft hast.«

Seine Reaktion verblüfft sie. »Red nicht so mit mir, Aly!«

Darauf ist sie nicht vorbereitet. Ihr Herz beginnt heftig zu schlagen, noch bevor sie die Worte begriffen hat.

»Ich bin nicht an sentimentalen Erinnerungen interessiert. Wenn du nur das gewollt hast, wärst du besser nicht gekommen.«

»Ich habe gar nicht damit gerechnet, dich überhaupt zu sehen«, erwidert sie. Das ist noch nicht mal eine Lüge. Sie hat wirklich nicht damit gerechnet, jedenfalls nicht heute, obwohl sie darauf gehofft hat und so oft wiedergekommen wäre, bis sie es erreicht hätte.

Er grinst plötzlich. »Wie groß war die Wahrscheinlichkeit?«

Das klingt schon mehr nach ihm, trotz des ungewohnten Tons.

Er schiebt den Stuhl vom Tisch weg, steht auf, und ohne nachzudenken steht auch sie auf, geht mit ihm den dunklen, muffigen Flur entlang und die Treppe hinauf.

Er hält ihr eine Tür auf. Das Zimmer liegt im hinteren Teil des Hauses, und das Fenster ist offen, die Jalouise hochgezogen. Hier drinnen riecht es nicht muffig. Aus dem Fenster blickt man auf einen mickrigen Garten und dahinter auf eine Straße. Im Garten liegt ein Metallhaufen, wie zufällig zusammengeschweißt.

»Macht hier jemand Skulpturen?«

»Ganz schön verrottet, was?« Er sieht einen Stapel CDs durch und legt eine auf. Klassisch, zeitgenössisch, nichts, was er früher schon hatte.

Während er zum Fenster geht und die Jalouise herunterläßt, greift sie nach der CD-Hülle und tut so, als würde sie sie sich ansehen. Ihre Hand zittert. John Williams spielt Takemitsu. »Am Rande des Traums« für Gitarre und Orchester. »An die See« für Altflöte und Gitarre. *Amours Perdues.* Verlorene Lieben.

»Wie findest du es?«

»Es ist wunderschön.«

»Ich meine das Zimmer.«

Sie blickt sich um. Über den vergammelten Teppich des Vermieters hat er Strohmatten gelegt. Ein Metalltisch, Industrieregale. Es sieht so aus, als läse er ein oder zwei Romane, jetzt, wo er es nicht mehr muß. An den Wänden eine Pinnwand aus Kork, Zeichnungen, Schwarzweißphotographien von Oberlichtern, Zäunen, Treppen … seine eigenen Bilder, auf Pappe aufgezogen, aber nicht gerahmt. Eine Schreibtischlampe aus Aluminium. So ist das jetzt also. Die Fünfziger sind vorbei. Ein schmales Bett, ein blaues Laken, das nur schlampig aufgezogen ist, so daß es die alte, gestreifte Matratze kaum bedeckt.

»Ich bin neuerdings ziemlich ordentlich«, sagt er.

»Aus Eigennutz?«

»Wahrscheinlich. Außerdem erfordert es die Ästhetik.«

Sie lächelt, aber es vergeht ihr wieder.

Er kommt zu ihr und beginnt, ihr die Bluse aufzuknöpfen. Ohne mich zu küssen, denkt sie. Wie kann das sein? Und dann tut er es doch. Gott sei Dank, er kommt nicht dagegen an. Sie fühlt, wie sein Körper weich wird.

Früher war sein Körper eine schmale gerade Linie. Er wird immer schlank sein, aber seit sie sich getrennt haben, sind sein Brustkorb und seine Schenkel kräftiger geworden. Als sie ihn nackt sieht, ist es egal, daß sie um den Jungen trauert, so sehr erregt sie der Mann. Es ist Tom.

Er hat Narben vom Unfall, eine direkt am Haaransatz, von der Schläfe zum Ohr; ein Narbengeflecht auf dem Knie. Sie hätte diese Narben gerne zärtlich geküßt, aber irgend etwas hält sie zurück. Sie hat nicht das Recht dazu.

Er sieht älter aus. Achtzehn ist erst achtzehn, und es ist schließlich nicht so, daß er Falten bekommen hätte, also woran liegt es? Die Haut über den Knochen ist fester, sie hat etwas von der Zartheit verloren, unter der man so deutlich sah, wenn er rot oder blaß wurde, aber das ist nicht alles. Hauptsächlich liegt es an seinem Ausdruck. Sie kann es nicht genau benennen.

Er denkt offensichtlich, daß auch sie sich verändert hat. Sie hat in der Tat ein paar Falten mehr, aber das erwähnt er nicht. »Du bist dünner geworden«, sagt er und fährt mit der Hand vom Bauch zur Brust und wieder hinunter. Ein Hauch von einer Berührung. Keiner von ihnen sagt, was er als erstes immer zu sagen pflegte, aber es geschieht trotzdem. Einmal mehr.

Einmal hat er ihr erzählt, er habe eine alte Ausgabe des Kamasutra gelesen, die seinen Eltern gehörte. So alt war sie gar nicht; sie hätte ihm sagen können, aus welcher Zeit sie stammte. Aber ich mag die einfachen Positionen am liebsten, Aly. Du auch? Tom, der Minimalist. Ja, ich auch, sagte sie, und dachte an Eric, schwer, drängend, vorwurfsvoll: Ich weiß doch, was du willst. Er hat es nie gewußt, und es gab auch nie eine Möglichkeit für ihn, es herauszufinden. Tom hat es immer gewußt, obwohl er es nie wissen wollte. Nicht einmal jetzt, da die Lust, die ihn früher leitete, wenn sie danach still zusammen lagen, ihre Augenbrauen mit dem Zeigefinger entlang zu fahren, eine ihrer Haarsträhnen durch die Lippen zu ziehen, sie wegen nichts anzulächeln, da all diese kleinen Dinge offensichtlich vergangen sind.

Sie wußte, was es heißt, Ekel zu empfinden, und nicht nur das, sondern auch Abscheu vor sich selbst nach dem Sex. Aber so traurig wie jetzt hat sie sich noch nie gefühlt. Mit Tom. Kann man auch dagegen ankämpfen?

Weil sie seine Instrumente in ihren Hüllen an der Wand lehnen sieht, fragt sie: »Hast du viel Zeit zum Spielen?«

»Ich spiele gar nicht mehr. Ich habe keine Lust mehr dazu.«

»Ich dachte, du hättest immer Lust dazu, Tom!«

»Ich fühle mich nicht mehr musikalisch.«

Sie sieht ihn entsetzt an.

Ich hätte für dich gespielt, hat er gesagt. Und das war das erste, was ich von ihm wußte.

Er dreht sein Gesicht zu der schmuddeligen Wand. »Warum hast du es getan, Aly?«

Weil ich dachte ... Was habe ich eigentlich gedacht? Ich habe keine Antwort darauf.

»Ich habe so sehr versucht, dir das Gefühl zu geben, daß es in Ordnung war. Mich zu lieben. Du hast mir zu verstehen gegeben, daß es funktioniert. Ich wäre nie auf den Gedanken gekommen, daß ich einen Fehler machte. Ich dachte, wir wären ein Teil des anderen! Ich habe dir vertraut, und du hast mich fallengelassen. Weißt du eigentlich, was du getan hast?«

Er sagt nicht, was du mir angetan hast. Letztendlich ist er immer noch sehr jung, und er hat seine Stimme noch nicht ganz unter Kontrolle.

Sie ist zu langsam. Er hat die Frage sofort bedauert, springt aus dem Bett, am Fußende, um sie nicht noch einmal berühren zu müssen, und zieht sich die Jeans an. Mit dem Rücken zu ihr.

Sie schlüpft sehr schnell in ihre eigenen Kleider. Sie möchte nur hier heraus. Auf der Treppe begegnen sie einem Jungen, der sie mit unverhohlener Neugier ansieht. Vielleicht der Metallbildhauer. Er wird in den Ruf kommen, auf ältere Frauen zu stehen, denkt sie, irgend etwas in der Art. Sie erinnert sich an ihre eigene Studentenzeit, als es Leute gab, bei denen nur über die üblichen Studentenromanzen geredet wurde, und die, die Gerüchte, ja sogar Legenden um ihre eigene Person schufen. Heutzutage muß man wahrscheinlich wesentlich mehr tun, um sich einen bedeutenden Ruf zu schaffen.

Sie steigt ins Auto. Sie hat es gar nicht abgeschlossen, erstaunlich, daß es noch da ist. Schweigend sieht er zu, wie sie anfährt. Da fällt ihr plötzlich auf, was so vertraut an ihm aussah. Es ist der Junge Mann. Früher einmal war es das Hemd. Als er das weiße Schulhemd trug. Jetzt ist es der Bart. Seiner wächst gerade zufällig so.

Als sie an einer roten Ampel anhält, blickt sie an sich hinunter. Ihre Bluse ist falsch zugeknöpft. Zwischen ihren Beinen fühlt es sich feucht und unbehaglich an. Fahr vorsichtig. Das mußte einfach getan werden. Er hatte seine Gründe, sie ihre. Es war keine echte Gelegenheit.

Es ist so, als hätte sie ihn noch einmal vollständig verloren.

Ungefähr einen Monat später kniet sie gerade vor einem Verkaufsstand und setzt Plastiktöpfe mit Sämlingen hinein, als sie merkt, daß sich ein Kunde neben sie gestellt hat.

»Hier arbeitest du also!« Mel sieht so gesund aus wie immer, in allen Schattierungen von Khaki: Hosen, Hemd, Haare, Bräune. »Ich suche etwas Großes, Grünes für den Wintergarten.«

»Du hast ihn also fertig?«

»Und er sieht toll aus! Wir haben Pinientäfelung genommen.« Mel hockt sich locker neben sie. »Hast du eine Minute Zeit? Ich wollte dich die ganze Zeit schon anrufen. Es gibt ein paar Dinge, die ich dir sagen will, also kann ich es genauso gut jetzt gleich tun. Ich weiß, daß ich nicht besonders verständnisvoll war, Alyson. In der ganzen Angelegenheit.«

»Ist schon in Ordnung.«

»Nein. Du mußt wissen, ich bin eine sehr konservative Frau. Genauso eine Vorstadtpflanze wie meine Mutter. Nur in der einen Hinsicht bin ich anders als sie, aber das will sie immer noch nicht begreifen. Und dann ist da noch die Sache mit dem Superlehrer.« Sie verzieht das Gesicht. »Bill ist ein schrecklicher Macho, aber in einem hat er recht. Es ist gefährlich, den Leuten immer zu sagen, was sie tun sollten. Es kann dich arrogant machen.«

»Ich habe dich nie für arrogant gehalten.«

»Na ja. Was hältst du davon, mal vorbeizukommen? Bring ihn ruhig mit.«

»Wir sind nicht mehr zusammen.«

Mel schnalzt mit der Zunge. »Ach, und ich hätte darauf gewettet.«

»Nein, schon seit einer ganzen Weile nicht mehr.«

»Dann komm du doch vorbei, und wir unterhalten uns mal wieder.«

Worüber denn, wenn nicht über die Schule? Ich kann ein Birdie nicht von einem Bully unterscheiden, und ich renoviere auch nichts. Und trotzdem ist es mehr, als ich erwarten konnte. Es ist einfach nett.

Tania ruft: »Alyson, Telefon!«

Sie eilt in das Hinterzimmer. Um das Telefon herum steht alles mögliche. Ein Becher mit kaltem Tee, eine Probepackung mit Alpenveilchendünger, Kordel, ein Stapel rechteckiger Bonsaitöpfe, Plastikschilder. Niemand ruft sie sonst bei der Arbeit an. Was konnte passiert sein? Mum? Sie greift über einen Stapel aufgespielter Rechnungen nach dem Hörer.

Sie hatte nicht gedacht, daß sie seine Stimme noch einmal hören würde.

»Ich habe alle Blumenläden im Telefonbuch durchprobiert«, sagt er. »Aly, Maura ist gestern abend gestorben.«

»Oh, Tom.« Sie haben sich so ähnlich gesehen.

»Ein Gehirntumor. Es war schrecklich. Aber es ist wenigstens schnell gegangen. Direkt, nachdem ich dich gesehen habe, haben sie es herausgefunden. Morgen ist die Beerdigung. Wirst du kommen?«

»In die Kirche?«

»Zu allem. Sie wird eingeäschert, und es gibt eine Messe in der Kapelle. Ich meine, ob du mit mir hingehst.«

»Aber Tom, sie ist Louises Mutter...«

»Und meine Großmutter. Und sie haben wegen mir nicht miteinander geredet. Sie war nicht gegen...« Er bricht abrupt ab. »Du weißt das, du hast sie schließlich angerufen, Aly.«

»Ja. Aber was ist mit Louise?«

»Sie ist in Melbourne auf einer Konferenz gewesen und kommt heute erst zurück. Ich frage sie einfach nicht. Ich möchte, daß du mitkommst. Tu es für mich.«

Wie betäubt bleibt sie am Telefon stehen, bis Tania ihren Kopf zur Tür hereinsteckt. »Die Dame möchte diese Howeapalmen, die du von hinten für sie geholt hast, Alyson.«

Sie besitzt ein recht elegantes graues Kostüm und einen grauen Strohhut. Ersteres hat sie sich für den Besuch des Erziehungsministers, letzteren vor langer Zeit für die Beerdigung ihres Vaters gekauft. Dazu eine weiße Seidenbluse, die sie sorgfältig bügelt.

Er kommt nicht gleich ganz herein, sondern bleibt in der Tür stehen. Sie sieht ihn zum ersten Mal in Anzug und Krawatte. Das Hemd ist hellgrau. Der Bart ist weg, vielleicht hat er ihn sogar erst heute morgen abgenommen, so sauber rasiert ist sein Kinn. Sie gibt keinen Kommentar dazu ab, und auch er sagt nicht, daß alles anders aussieht.

Sie hält ihren Hut schon in der Hand. Er wartet, während sie ihn vor dem Glas ihres gerahmten Rosendrucks aufsetzt. Sie kann ihr Gesicht nicht richtig darin sehen, aber das will sie auch gar nicht. Sie hat ihre Haare hochgesteckt, und er sagt: »Dahinten hängt noch etwas heraus«, und dann tritt er einen Schritt näher und steckt es fachmännisch unter ihren Hut. Sie muß noch einen Augenblick an sich herumzupfen, bis die Botschaft, die seine Finger ausgesendet haben, unten an ihrer Wirbelsäule verklungen ist.

Während sie den Weg zu seinem alten Auto entlanggehen, beide grau und elegant, sie zum ersten Mal seit langer Zeit in hohen Absätzen, denkt sie, wahrscheinlich sehen wir mehr oder weniger aus wie ein Paar. Ein seltsames Date. Wenn es überhaupt eins ist. Er öffnet ihr die Wagentür. Und er steigt auf der Fahrerseite ein.

Im Krematorium blickt Louise, mit rotgeweinten Augen, direkt durch sie hindurch. Alle sitzen sie vorne in einer Reihe. Louise. Toby. Griselda. Tom. Und Alyson. Sie zögert zunächst, aber dann spürt sie den Druck seiner Hand auf ihrem Arm und setzt sich. Sie kann sich nicht vorstellen, was die Leute denken, aber es spielt im Grunde auch keine Rolle. Einmal während der Messe schluchzt er kurz auf. Nur einmal. Sie legt ihre Hand auf seine. Alles in Ordnung. Aber er hat sein Taschentuch vergessen. Sie hat daran gedacht, ein frisches, weißes mitzunehmen. Sie gibt es ihm.

Sie selbst denkt an die Nacht im Krankenhaus, dem gelben Krankenhaus, in dem Maura jetzt gestorben ist. An ihren Anruf bei Maura. Er wird sich freuen, von dir zu hören. Warum hat sie das gesagt? Sie wußte es nicht, aber sie wollte, daß ich es versuche. Für ihn hatte sie es gewollt.

Mauras Sarg, mit einem Bukett von weißen Lilien darauf, liegt zwischen den Samtvorhängen, die ihn bald vor allen Blicken abschirmen werden. Was von Mauras geschmeidiger, silbriger Schönheit übriggeblieben ist, wird in die Flammen gleiten. Zu Staub werden.

Danke, Maura, für diesen Anstoß.

Auf dem Weg nach draußen schwankt Louise. Da Tom in diesem Moment näher bei ihr ist als Toby, greift er nach ihrem Arm. Alyson bleibt zurück. Die Leute stehen in geselligen Gruppen an der Eingangstür. Tom geht das Auto holen, Toby geht zu seinem Wagen. Louise ist von Menschen umgeben.

Katie schiebt sich durch die Menge. »Gott, ich hätte nicht gedacht, daß du hier bist, Alyson! Und mit Tom! Du wirst doch nicht mit zu ihnen nach Hause fahren?«

»Ich fahre überall hin, wohin Tom möchte.«

Katie reißt in gespielter Sprachlosigkeit die Augen auf.

Tom steht neben seinem Wagen. »Komm, Alyson. Katie, fahr mit uns.«

»Du nimmst Griselda mit«, sagt Toby.

»Ich würde es um nichts in der Welt verpassen wollen«, sagt Katie, so daß nur Alyson es hören kann, und klettert mit Griselda auf den Rücksitz.

Als sie hineingehen, sagt er zu ihr: »Es wird schon gutgehen.« Vielleicht. Vielleicht darf sie etwas trinken und mit Tom weggehen und wird nie wieder gesehen.

Mr. und Mrs. Ng, die Vietnamesen, sind da, in Schwarz, und reichen Getränke und Häppchen. Sie nimmt eine Mandelwaffel, die ihren Mund ganz trocken macht. Ein Krümel bleibt ihr im Hals stecken. Tom reicht ihr einen Sherry, und sie spült ihn hinunter.

Ich bin zum ersten Mal wieder in diesem Haus, seit der Party, auf der Tom nicht anwesend war. Kurz bevor er sechzehn wurde.

Wo ist Louise?

Oliver kommt zu ihnen und sagt: »Es tut mir so leid, Tom. Sie war eine reizende Dame.« Er umarmt Tom. »Lange nicht gesehen, Alyson.«

»Ich habe gehört, Tom arbeitet für dich«, sagt sie.

»Äußerst fähiger Junge.« Die Betonung liegt auf dem letzten Wort.

Die Leute scheinen sie zu beobachten.

Mit der ältlichen Galanterie, die er manchmal an den Tag legt, sagt Oliver: »Katie, meine Liebe, du siehst in diesem Hut ganz bezaubernd aus. Darf man das auf einer Beerdigung sagen?«

Katie lächelt unter ihrer gebogenen Krempe.

»Was das angeht, ist es denn richtig, auf einer Beerdigung zu zwinkern?«

Tom und Alyson bleiben schweigend stehen, während Oliver Katie wegführt, um mit ihr auf den Hafen zu blicken und ihr eines seiner Gebäude zu zeigen, das noch von Kränen und Gerüsten umgeben ist.

»Wie wird es einmal aussehen?« fragt sie schließlich.

»Monströs«, sagt Tom.

Griselda reicht eine Platte mit Käse herum. King Island Brie mit diesem schwachen Geschmack nach Algen. Mit einem weiteren Sherry rutscht er gut.

Da ist Louise. Leute um sie herum, ein gedämpftes Lachen.

Ein Containerschiff gleitet vorbei und verdeckt für einen Augenblick die Aussicht auf Olivers Gebäude. Ein paar Jachten. Ein rotes Wassertaxi schiebt sich in den

Vordergrund. Oliver ruft nach Tom. Er möchte über sein Gebäude sprechen. Um jugendliche Kritik zuzulassen, damit man sieht, wie großzügig er damit umgehen kann, das ist immer gut.

Griselda steht mitten in der Menge und wirkt verloren. Sie versucht, sich nützlich zu machen. »Vermißt du dein Karate?«

»Wenn du eine schwache Stelle hast, wird immer die getroffen. Es ist schon okay, es hat seinen Zweck erfüllt. Ich überlege zur Zeit, ob ich nicht zum Klettern gehen soll.«

Eins der vielen Dinge, die ich nie in meinem Leben machen werde, bergsteigen.

Man hört leise Musik. Ist das üblich bei solchen Gelegenheiten? »Vivaldi«, sagt Griselda. »*Il favorito.* Ich habe es aufgelegt. Es war ihre Lieblingsmusik, sie vermuten, daß sie vor Jahren eine Affäre mit dem Geiger gehabt hat. Ich wünschte, ich sähe so aus wie sie, aber Tom sieht ihr ähnlich. Das macht mich ganz krank. Wußtest du, daß er nicht mehr spielt?«

»Ja.«

»Sie geben dir die Schuld daran.«

Das war zu erwarten. Aber mich interessiert nur, daß er mir die Schuld gibt.

»Ich habe dir auch die Schuld gegeben, Aly, nicht nur dafür. Aber es ist komisch, gleichzeitig wollte ich auch nicht, daß du aufgibst. Ich dachte, du *hättest* aufgegeben, bis Tom ...« Griselda bricht mitten im Satz ab.

Louise. Die Menge um sie herum hat sich aufgelöst. Sie sieht müde und erschöpft aus.

Aber sie kommt quer durch den Raum auf sie zu.

Sie wird es tun. Es wird sich ungefähr so anhören: Wie kannst du es wagen, hier uneingeladen in meinem Haus zu erscheinen? Nach all dem, was du getan hast. Bei der

Beerdigung meiner Mutter, mit der ich mich wegen dir zerstritten habe. Verschwinde aus meinem Haus! Ich möchte sehr gerne gehen, aber wenn ich auf diese Art und Weise gehe, selbst wenn Tom mitgeht, ist es endgültig vorbei. Die Leute schauen herüber, die Gespräche haben aufgehört. Tom kommt. Selbst wenn er vor ihr bei mir ankommt … nein. Wenn überhaupt noch etwas zwischen ihm und mir ist, dann wird es einen weiteren Auftritt dieser Art nicht überleben. Es wird ihn nur daran erinnern, daß ich es nicht aushalten kann, daß ich ihn verlassen habe, und daß ich ihn wieder verlassen werde, wenn sich die Gelegenheit ergibt. Sie sieht schrecklich aus. Ich verstehe ihre Gefühle, ich hatte allen Grund, ihr dankbar zu sein. Schuld und Angst waren meine schwachen Stellen. Es hat keinen Sinn, irgend etwas von dem zu sagen, was ich eigentlich gerne sagen würde, daß Tom wollte, daß ich hier bin, daß Tom immer noch dein Sohn ist… Maura hat gesagt, daß… daß Tom um sie trauert. Sie wird nicht verlieren. Die Beerdigung ihrer eigenen Mutter. Sie hat jedes Recht, erregt zu sein. Heute darf sie alles. Ich bin der Eindringling, die Betrügerin. Die Zerstörerin. Jeder hier weiß das.

Und dann kommt ihr ein anderer Gedanke: Wenn sie mich immer noch für eine Bedrohung hält, dann bin ich vielleicht auch eine. Vielleicht habe ich noch eine Chance.

Ein Glücksgefühl schießt ihr durch den Körper.

Sie tritt auf Louise zu und redet als erste. »Oh, Louise! Es tut mir so leid … Louise, geht's dir gut? Louise? Oh!«

Sie greift nach Louises Ellbogen. Mels Technik. Man braucht nicht allzu viel Kraft dazu, hat Mel gesagt, als sie sie ihr gezeigt hat. Funktioniert auch bei relativ großen Mädchen, was Louise nicht ist, um sie unbeweglich zu machen. Ich hab's von Annie gelernt, die bei der

Küstenpatrouille gearbeitet hat, als sie in der Navy war. Ich bin anscheinend stark genug. Das liegt an all den Säcken mit Düngemittel. Louise reißt schockiert den Mund auf. »Wird dir schlecht?« Lauter, mit der Stimme einer Lehrerin. »Versuch es zu unterdrücken, nicht hier, Louise! Tom! Griselda!«

»Was ist los?« Toby ist ausnahmsweise einmal verwirrt, kann aber der Versuchung nicht widerstehen, die Verantwortung zu übernehmen, als sie ihm Louise so heftig, wie sie es wagt, in die Arme drückt. »Louise, setz dich!« drängt er sie. Er verfrachtet sie auf einen beigefarbenen Ledersessel und schiebt ihr den Kopf zwischen die Beine. »Das mußt du machen«, sagt er. »Damit das Gehirn durchblutet wird.«

Louise wehrt sich, aber Toby, Gott segne sein mitfühlendes Herz, ist stark, und seine große Hand liegt auf ihrem Nacken.

»Mir geht es gut! Mir geht es gut!« keucht sie schließlich.

»Bist du sicher?« erkundigt sich Alyson und beugt sich über sie. Zu Toby sagt sie: »Weil wir gerade gehen wollten ... Tom? Sie wurde plötzlich kreidebleich.«

Er kniet sich neben Louises Sessel. »Schsch«, flüstert er, als sie versucht zu sprechen. »Sie wußte es! Sie wußte, daß du sie liebst.« Er glaubt, das ist der Grund.

Louise steht schwankend auf. Katie kommt, um ihr zu helfen. Tut mir leid, daß ich dich enttäuschen muß, Katie.

»Wir sollten gehen, damit sie sich ausruhen kann«, sagt Katie. Überall wird mitfühlendes Gemurmel laut, Gläser werden abgestellt. Oliver stürzt noch rasch seinen Drink hinunter, aber als Katie zur Tür strebt, ist er direkt hinter ihr. Hochzeiten, Beerdigungen. Der nächste selbstgefällige Scheißkerl für Katie.

Louise wird von allen Seiten geküßt.

Als Alyson an der Reihe ist, weicht Louise einen Schritt zurück, als wolle sie lieber von einer Giftspinne gebissen als von ihr geküßt werden. Toby jedoch tritt auf sie zu. Seine Lippen hinterlassen einen feuchten Abdruck auf ihrer Wange. »Danke, daß du gekommen bist«, murmelt er.

Sie gehen aus dem Zimmer in die große Empfangshalle. Dort blickt sie zurück. Durch den Gewölbebogen nimmt sie die großartige blaue Aussicht im Hintergrund wahr, die verbliebenen Gäste, die ihnen nachschauen, und Louise, die dasteht und zwar nicht verwirrt aussieht – Louise ist noch nie, niemals in ihrem Leben verwirrt gewesen –, aber so, als habe sie gerade etwas Neues und Seltsames gehört und versuche jetzt, es zu verstehen. Dieses Mal sieht Alyson ihr genau in die Augen.

Draußen sagt er: »Danke, Aly.« Er will ihr nur dafür danken, daß sie hier war. Er hat vielleicht gespürt, daß irgend etwas vorgefallen ist, aber er weiß natürlich nicht, welchen Kampf sie gerade gegen eine trauernde Frau gewonnen hat, oder daß es überhaupt einen Kampf gegeben hat. Das ist nicht seine Art zu kämpfen. Sie ist nicht stolz darauf, schließlich war ihre Taktik mehr als primitiv; es war lediglich das beste, was sie in diesem Moment machen konnte. Egal, denkt sie. Es ist passiert.

Zwischen uns hat sich nichts geändert.

Er fährt sie nach Hause, aber bevor sie dort ankommen, biegt er plötzlich in eine Seitenstraße ein, die sich zu einer abschüssigen Gasse verengt. Sie führt zu einem Punkt gegenüber von einem Dock, an dem ein verrostetes Schiff liegt. Ein paar Häuser, ein paar Büsche. Er parkt so, daß sie aufs Wasser blicken. Es stehen keine anderen Autos hier, lediglich ein paar Kinder angeln vom Kai aus.

»Ich muß dir etwas sagen, Aly.«

Sie starrt vor sich hin, sitzt ganz gerade in ihrem grauen Kostüm, steif vor Vorsicht. War der Kampf umsonst? »Dann sag es mir.«

»Ich muß dir sagen, was ich die ganze Zeit gemacht habe.«

»Außer zu studieren?« Ihre Stimme klingt fest.

Er sagt: »Ich habe gefickt.«

Jetzt wendet sie sich ab, rasch, als habe sie draußen einen Schuß gehört. Aber da sind nur die angelnden Kinder. Sie preßt die Faust gegen den Mund.

Er sagt nichts mehr, bis sie das Wort ergreift.

»Wahrscheinlich hast du jede Menge Kandidatinnen gefunden.« Sie sitzt wieder gerade, blickt nach vorne und reibt sich die Knöchel, auf die sie gebissen hat.

»Das ist ganz einfach, wenn man sich darauf konzentriert.«

Diese Hand zittert, sie wird mich verraten. Schnell, versteck sie vor ihm.

»Warum erzählst du mir das, Tom?«

»Hast du das nicht gewollt?«

»Gewollt?«

»Du hast gedacht, daß ich, wenn ich bei dir bliebe, über kurz oder lang viel vermissen würde, die ganzen Erfahrungen, die ich nicht gemacht hätte, eine jüngere Frau, den ganzen Kram … trotz allem, was ich tat oder sagte, hast du immer darauf gewartet, daß ich dich betrüge. Also hast du mich hinausgeworfen. Darum ging es doch eigentlich, oder nicht? Nicht um mein Examen. Nicht um meine Zukunft. Damit hatte es am wenigsten zu tun.«

»Ja, das habe ich gewollt«, sagt sie kläglich. Läuft es denn nicht immer so?

»Es ist seltsam. Du hättest vielleicht gar nicht mal unrecht gehabt. Ich weiß nicht«, sagt er. »Und deshalb erzähle ich dir es ja auch. Ich habe mein Bestes getan, ich bin so schnell ich konnte älter geworden.«

Das Wasser ist trübe und grau. Das Schiff lädt Kohle. Vor einem schwarzen Hügel bewegt sich langsam ein Kran. »Ist das alles? Wolltest du mir nur das sagen?«

»Nein. Ich wollte dir sagen, daß ich weiß, daß du mir nie etwas versprochen hast. Du konntest nichts daran ändern, daß ich immer alles bekam, was ich wollte, daß ich mir gar nicht vorstellen konnte, es nicht zu bekommen. Und ich war noch jünger, ich dachte, ich wüßte alles und ich dachte, es sei einfach. Du wußtest, daß das nicht stimmte. Du hast versucht, mich nicht zu ermutigen.«

»Ja und nein. Du mußt nicht so fair zu mir sein.«

»Ich habe nicht alles gehört, was sie zu dir gesagt haben. Du hast versucht, mich zu schützen. Aber als ich im Krankenhaus lag, wußte ich, daß sie dich kriegen würden, weil ich nicht da war, und ich konnte nichts dagegen tun. Ich kann mir vorstellen, wie es war. Sie waren dir gegenüber im Vorteil, Aly.«

Sie denkt an seine schlechte Laune und seine Frustration während der letzten Wochen im Krankenhaus.

»Du weißt, wie dumm ich bin.« Sie kann von ihm keinen Dank für ein Opfer erwarten, das er nicht wollte oder brauchte.

»Habe ich das gesagt?«

»Ja.«

»Das war nicht richtig von mir. Wenn du dich mit ihnen auf ihrem Niveau hättest auseinandersetzen können, wärst du nicht du gewesen, und dann hätte ich dich nicht so sehr geliebt.«

Sie ist immer noch darüber besorgt, daß er die Vergangenheits- und Möglichkeitsform benutzt hat, als er sagt: »Aly, ich habe nachgedacht. Du warst unter Schock wegen des Unfalls. Du mußt unter Schock gestanden haben.«

Er sucht für sie nach einer Entschuldigung, die sie sich selbst nicht zugestanden hat, aber es stimmt.

»Es war die schlimmste Nacht meines Lebens.« Auch das stimmt, selbst wenn es seitdem noch andere sehr schlimme Nächte gegeben hat.

Und er ist nicht gestorben. Er sitzt hier neben ihr, kein eifriger, selbstbewußter Junge mehr, sondern ein Mann in einem grauen Anzug, der sagt: Ich habe nachgedacht.

»Ich hätte schon früher darauf kommen müssen«, sagt er. »Wie es für dich gewesen sein muß. Aber ich konnte nicht, nicht bis ich dich wiedergesehen habe. Ich war zu wütend. Das hat mich durch die Prüfungen gebracht, durch alles. Ich wollte dir niemals wieder zu nahe kommen.« Er sieht auf das Schiff. Ihr Blick ruht auf ihm. »Ich dachte auch, du würdest mir niemals wieder nahe kommen. Und als du dann doch kamst, war ich immer noch wütend. Ich hätte niemals geglaubt, daß ich so lange wütend bleiben könnte. Deshalb war es so, wie es war. Es tut mir leid, Aly. Aber ich konnte erst danach anfangen, nachzudenken.«

»Ich bin nicht nur einmal gekommen. Ich bin so lange gekommen, bis ich dich gesehen habe.«

Er hört sie nicht. Er kämpft mit etwas anderem. »Hast du einen anderen gehabt?«

»Nein.«

»Ich habe es mir vorgestellt.«

»Das hättest du nicht tun müssen.«

»Letztendlich hättest du einen anderen gefunden.«

»Letztendlich kenne ich nicht.«

Die Gelegenheit entgleitet ihnen.

Sie könnte nicht mehr Angst haben, wenn sie an dem Felsen oben am Wasserfall hinge und nicht wüßte, ob sie vorwärts oder zurück gehen sollte.

Laß es laufen.

»Tom, könntest du mir wieder vertrauen?«

Er zeigt keine Überraschung bei ihrer Frage. Er beantwortet sie langsam und sorgfältig. »Ich möchte gerne ja sagen.«

Nichts, was er in der Vergangenheit zu ihr gesagt hat, war je zweideutig, war je nicht aus ganzem Herzen. Sie spürt die Worte wie einen Schlag, schlimmer als eine Faust, die sie voll in den Magen trifft. Sie legt die Hand auf ihr Brustbein, zu spät, um sich abzuschirmen. Ungläubig denkt sie, er hat mich verletzt. Tom hat mich verletzt.

Aber er redet nur mit ihr, das ist alles. Und sie kann es nicht mit dem Schlag vergleichen, den er aushalten mußte, damit, wie sehr er geschmerzt haben muß.

Warum sollte er ihr vertrauen?

Sie denkt daran, wie er auf dem Krankenhausbett gesessen hat, mit weißem Gesicht, behindert durch seinen Gipsverband. Seine Ungläubigkeit. Daß er wegen ihr geweint hat. Sie denkt daran, wie er danach seine Familie aushalten mußte, gezwungen war, den Dingen zuzuhören, die sie gesagt haben müssen. Was sie über sie gesagt haben müssen! Alles, was er so freudigen Herzens aufgegeben hatte, um mit ihr zusammen zu sein, vorbei für nichts, die alberne Idee eines Jungen. Und blinde Verweigerung war die einzige Verteidigung, die sie ihm gelassen hatte: Weigerung, nach Hause zu gehen, Weigerung zu spielen.

Aber ich *habe* über alles nachgedacht, hatte er an jenem Tag gesagt, als sie einander an der Tür gegenüberstanden, nachdem er sie das erste Mal geküßt hatte, nachdem sie ihn das erste Mal geküßt hatte. Sie denkt, ich habe ihn nicht ernst genommen. Wie gut er sich damals schon kannte. Das war mein Fehler. Nicht der Kuß.

Es ist, als ob sie sich beide nie wieder bewegen könnten.

»Es geht nicht nur um mich«, sagt er schließlich. »Du hattest nie die Zeit, eine Entscheidung zu treffen. Es ist alles einfach so passiert.«

»Ja.« Das genau war so wundervoll und zugleich so schwer.

»Aly, wir können hier nicht klar denken.«

»Wohin sollen wir gehen?« Er hat nicht die Absicht, zu ihr nach Hause zu fahren. Nicht, um klar zu denken.

Er kann sie immer noch aus dem Gleichgewicht bringen. »Ich werde nach Italien gehen.«

»Italien.« Verständnislos wiederholt sie das Wort.

»Du weißt ja, daß ich dafür gespart habe.«

Dafür waren also seine Ersparnisse gedacht. Ich wußte es nicht. Ich hätte es wissen müssen.

»Maura wußte, daß sie sterben würde. Sie hat Griselda und mir etwas Geld gegeben, als Geschenk, außerhalb ihres Testaments. Das meiste ist für wohltätige Zwecke gedacht. Ich habe ihr gesagt, wofür ich meines verwenden werde.«

Sie setzt sich auf. Die Stille ist verschwunden, das Gefühl kehrt wieder zurück.

»Ich denke über Räume nach«, sagt er. »Nicht nur über Gebäude. Über das, was sie umgibt, was sie umgeben. Deshalb will ich nach Italien. Und einfach auch nur, um dorthin zu fahren. Ich war ganz verrückt darauf, hier wegzukommen. Und jetzt denke ich, wenn du mitkämst, könnten wir zusammen sein, und wir könnten weiter sehen.«

Sehen.

»Wann fliegst du?«

»Am Samstag. Wir haben Ferien.«

»Ich würde bestimmt kein Ticket mehr bekommen.«

»Doch. Ich habe heute morgen nachgefragt.«

»Vor der Beerdigung?«

»Ja. Und, Aly, ich habe genug Geld für uns beide.«

»Ich habe auch welches.« Ich habe schließlich auch gespart.

Ich habe dies hier zustande gebracht, denkt sie. Ich habe seine Großmutter angerufen, die jetzt tot ist. Ich habe herausgefunden, wo er war, ich bin dorthin gefahren. Ich habe das Risiko auf mich genommen. Gerade rechtzeitig habe ich ihn getroffen. Das hat Heute möglich gemacht. Ich habe gekämpft, wie ich es nie für möglich gehalten hätte. Und jetzt das. Jetzt erkenne ich meine Gelegenheit.

Sie trägt immer noch ihren Beerdigungshut. Sie nimmt ihn ab und hält ihn auf den Knien. »Es ist viel weiter als die Berge.«

»Das mit den Bergen war keine schlechte Idee«, sagt er, ohne zu lächeln. Er ist an Erinnerungen nicht interessiert, das hat er ja schon gesagt. »An sich nicht.«

11

Sie stieg aus, tanzend.

Jetzt müssen sie nur noch sehen. Abwarten und sehen. Aber auf was warten sie? Welches Zeichen wird alles wieder ins Lot bringen, wird sie von dem Zauber erlösen, der sie so tödlich höflich macht, der ihre Schenkel davon abhält, sich zu berühren, außer in Reaktion auf ein ganz spezifisches Verlangen, der eine unsichtbare Barriere zwischen ihnen aufbaut, wenn ihre Blicke sich zufällig begegnen, so daß sie wieder wegschauen, weil sie nichts erfahren?

Schon als sie sich in der Schlange vor dem Check-in-Schalter trafen, fühlte es sich nicht richtig an.

Als sie um nebeneinanderliegende Plätze baten, gab man ihnen welche, die einen ganzen Gang voneinander entfernt waren. Das Flugzeug war vollkommen ausgebucht; sie hatte wahrscheinlich eines der letzten Tickets bekommen. Sie hatten keine Möglichkeit, miteinander zu reden. Sie versuchte zu schlafen, konnte es aber nicht. Er hatte die meiste Zeit die Kopfhörer aufgesetzt. Manchmal stand er auf, um sich die Beine zu vertreten. Sie sah, wie er hinten im Flugzeug herumlief, sich zu einem Fenster herunterbeugte, hinaussah. Einmal döste sie vor sich hin, und er hob die Decke auf, die von ihren Knien gerutscht war, und legte sie wieder über sie, jedoch ohne sie zu berühren.

So reisten sie als Fremde, bis sie am späten Nachmittag in dem billigen Hotel in Rom ankamen, das im obersten Stockwerk eines schäbigen Gebäudes lag. Eine Frau hinter dem Tresen reichte ihnen mit einer gemurmelten Bemerkung ihre Schlüssel, und ohne etwas zu essen oder zu trinken oder auszupacken legten sie sich aufs Bett, wandten sich drängend einander zu und schliefen danach ein.

Sie öffnete ihre Augen, und die Schatten von Tauben glitten über die Wände und die Decke. Es war noch sehr früh, irgendein Lieferwagen machte unten auf der Straße Lärm. Seine Augen sind im Morgenlicht immer noch mehr grau als blau. Sie stand auf und fand ein Glas im Badezimmer, trank, brachte ihm Wasser, und sie liebten sich wieder. Oder etwas, was dem sehr ähnlich kam, und was sie, wenn sie nicht gewußt hätten, was sie wußten, leicht damit hätten verwechseln können. Sie kennen sich so intim, und doch eigentlich kaum.

Er versteht viel mehr von der Sprache als sie. Sie stand ihm immer schon zur Verfügung, in seiner Familie und in seiner Musik. Er singt … er hat immer schon italienisch gesungen. Eifrig nimmt er jeden neuen Satz auf. Und doch bewegen sie sich beide in einem Nebel von Verständnislosigkeit zwischen den Worten, die sich die Leute auf der Straße zurufen, die sie zu ihnen sagen.

Nur ein paar Minuten, nachdem sie an diesem ersten Morgen hinausgegangen waren, fuhr ein Motorroller dicht an sie heran, eine Hand wurde ausgestreckt und man riß ihr die Tasche von der Schulter. Sie blieb wie erstarrt stehen, während Tom die Straße hinunterrannte, um die Ecke bog und nicht mehr zu sehen war. Sie bewegte sich kaum, bis er wiederkam und triumphierend ihre Tasche schwenkte. Er war glücklich, daß er so schnell hatte laufen können, daß sein Knie den Test bestanden und er ihr Geld, den Paß und alles gerettet hatte. Ich habe mit ihm in einer kleinen Straße gerangelt, sagte er und stützte sich mit den Händen auf die Oberschenkel, um wieder zu Atem zu kommen. Ich habe ihm gesagt, ich hole nicht die Polizei, wenn er mir die Tasche einfach wiedergibt. Ich habe ihn eingeholt. War gar nicht so schwer.

Sie hätte ihn umarmen und lachen sollen. Darauf hatte er wahrscheinlich gewartet, gleich am Anfang, als es noch von Bedeutung war. Statt dessen waren ihre Arme und ihre Zunge wie gelähmt vom Nachklang der Angst. Wie er sich ohne nachzudenken vor den Zug geworfen hatte, wie er auf einer regennassen Straße einem Opossum ausgewichen war. Wieviele Arten es doch gab, ihn zu verlieren.

Später versuchte sie, einen Scherz darüber zu machen, am Fuß der Spanischen Treppe, als sie die gutgebauten jungen Polizistinnen mit ihren üppigen schwarzen Locken und den Maschinenpistolen über der Schulter sahen. Du hättest eine von ihnen rufen können, sagte sie. Er blickte sie abschätzig an, und der Moment war vorbei.

Er besichtigt eigentlich nicht, er sieht auf eine bestimmte Art hin. Es geht mir um die Gebäude und die Details, sagt er, aber vor allem geht es mir jetzt um die Räume. Wenn sie auf der Piazza sitzen, studiert er Linien und Proportionen, wo die Skulpturen stehen und wo die Leute entlang gehen und wo Sachen verkauft werden.

An einem bestimmten Punkt überschneiden sich ihre Interessen. In Gärten und Klöstern denkt sie an Blätter und Blumen, er an Wege und Gefäße. Zumindest macht es ihr Freude zu verstehen, was ihm auffällt, was ihn beschäftigt. Ob es ihn interessiert, die gleichen Dinge bei ihr zu verstehen, weiß sie nicht mehr.

Sie geht nicht mit, wenn er herumläuft und photographiert, sie will sich nicht an ihn klammern oder ihn bedrängen. Sie hat ihn im Blick, sie ist sich seiner immer bewußt, wenn er sich jedoch umdreht und sie ansieht, denkt sie, was sehen wir eigentlich?

Einmal sind sie an einem teuren Hotel vorbeigegangen, dessen Glastüren von Geranienkübeln eingerahmt waren. Sie blieb stehen, um den Anblick zu bewundern, und er sagte, das Hotel war in Mauras Album, sie hat hier ihre ersten Flitterwochen verlebt. (Ich bin in Rom gezeugt worden, sagte Louise vor langer Zeit einmal. Und Toby schwört, daß er ihre Affinität zu der Stadt spürt. Du kannst ruhig lachen, Alyson, er ist ein phantastischer Mann!) Ich habe Maura erzählt, sagte Tom, daß du mich besucht hast. Sie war damals schon ziemlich krank, aber ich sah ihr an, daß sie sich darüber freute.

Wie wenig Freude, denkt sie jetzt, haben wir den anderen bereitet, als wir ineinander verliebt waren. Oder von ihnen deswegen empfangen. Geneckt werden, nachsichtig angesehen werden. Das gehört doch dazu, vor allem, wenn man so jung ist wie Tom. Was er erfuhr, was sie am meisten hervorriefen, war Wut, Konsterniertheit, peinliches Berührtsein, Heiterkeit, die nichts Freundliches hatte.

Er ist dankbar, daß Maura sich für ihn gefreut hat, obwohl es vielleicht schon zu spät war.

Von Florenz aus schickte er eine Ansichtskarte nach Hause, eine gewöhnliche Ansichtskarte von der Piazza della Signoria. Sie sah sie auf dem Bett liegen: Aly ist mit mir hier.

Sie hat ihrer Mutter nicht geschrieben. Sie wüßte nicht, was sie schreiben sollte.

In Rom und Florenz sind sie nicht aufgefallen. Oder wenn, dann als ein Phänomen, das so normal ist bei Touristen, daß es nicht wert ist, bemerkt zu werden.

Hier in Siena, in der Pension, fallen sie auf. Hier wohnen drei amerikanische Frauen, nicht viel älter als sie, aber dünner und mit geschickter gefärbtem Haar, deren Blicke ganz deutlich verraten, wie sie die Situation einschätzen. Obwohl, warum sollten sie, wenn es so wäre, in solch einem Haus wohnen, mit einfachem guten Essen, einem Aufenthaltsraum mit verglasten Bücherschränken voller Vorkriegsreiseführer und einem alten quietschenden Aufzug? Dann doch eher in der Art Hotel, in das man einen jugendlichen Liebhaber mitnimmt, wenn man vorhat, ihn mit seidenen Designerhemden und Goldkettchen auszustatten. Und wenn er ihr Gigolo wäre, dann würden sie doch bestimmt in der Öffentlichkeit anders auftreten, statt sich immer ein wenig abseits zu halten und so ernst zu sein.

Aber der Bart, der in Rom kurz wieder da war, ist erneut verschwunden. Seine Haare sind gewachsen und heller geworden, er trägt Turnschuhe und keine Stiefel mehr, er ist erst achtzehn und noch genauso anmutig. Sie wünschte, sie könnte die Blicke, die sie ihm zuwerfen, genießen.

Von der Vorderseite der Pension aus blickt man über eine enge Straße mit einer Kirche und einem Tabakladen; hinten, von ihrem Zimmer aus, blickt man auf die Stadtmauer und dahinter auf die Landschaft, wo am Morgen Rauch von den Olivenholzstapeln aufsteigt, und die langen Schatten der Zypressen über ein enges Tal fallen.

Sie verbringt viel Zeit damit, einfach nur aus dem Fenster zu sehen. Er hat seinen Zeichenblock dabei, und er hat sie dabei gezeichnet, aber man erkennt sie nur undeutlich, nur ein paar Linien, und ihr Gesicht ist immer abgewandt. Als sie ihm einmal über die Schulter sah, sagte er, du weißt ja, daß ich noch nie Personen zeichnen konnte.

Er könnte irgend etwas photographieren, und sie könnte auch auf dem Photo sein, aber es wäre doch kein Bild von ihr.

Heute haben sie auf einer Mauer im Schatten ein Picknick gemacht. Brot und Schinken, ein Stück Panforte und eine Handvoll Ricciarelli-Kekse, ein Apfel und eine Birne für jeden, eine Flasche Mineralwasser und eine halbe Flasche Chianti. Sie gab ihm das meiste von ihrem Brot, und er aß es auf, ebenso wie die beiden Äpfel, und dann saß er da, die Hände locker zwischen die Knie geschoben und starrte ins Nichts. Für sie ist jeder Augenblick ein Krümel Erinnerung, aber wenn man sich dann die Erinnerung wieder ins Gedächtnis ruft, ist der Moment tot.

Es ist nicht so, wie er geglaubt hat, wie sie beide es erhofft haben. Die Dinge ändern sich, darauf muß man gefaßt sein, aber das, was sie jetzt miteinander erleben, hat überhaupt nichts mehr mit dem zu tun, was war. Sie sind draußen in der Welt und haben sich nichts zu sagen.

Es gibt eine Musikschule hier, und als sie am Morgen unter den Fenstern entlanggingen, hörten sie eine Violinstunde. Die wiederholte Phrase, ein Gemurmel von Stimmen, dann drang die Musik zu ihnen hinaus. Keiner von ihnen sagte etwas. Tom blickte nur einmal kurz hoch, als wolle er sich im Geiste irgendein Detail der Tonfolge notieren. Er weiß, wie er sich selbst schützen kann, sich distanziert. Eigentlich wollte er das nie wissen. Das Schreckliche daran ist, daß er diese Notwendigkeit von ihr gelernt hat.

Darin war sie seine Lehrerin.

Die Piazza del Campo ist der am perfektesten proportionierte öffentliche Platz, den man sich nur vorstellen kann, sagt er. Muschelförmig oder fächerförmig, je nachdem, wie man es nennen möchte; ganz leicht und präzise gekrümmt. Elf schmale Straßen münden in sie. Tagsüber gleitet das Licht über die Gebäude, die den Platz umgeben, und bis spät in die Nacht, in diese Sommernächte, gehen Menschen zu ihrem Vergnügen über seine Steine. Familien, und Liebende. Artige Liebende meistens, unter den Augen ihrer Familien.

Und so sind auch Alyson und Tom dort gegangen, allein, über die große Piazza, und dann durch die stillen Straßen.

Die Dunkelheit ist warm. Die Steine speichern die Wärme von der Sonne des Tages, und von der Sonne anderer Tage.

An einer steingefaßten Tür ist eine langsame Bewegung, eine Hand auf einem Eisenring. Ein Lichtstreifen fällt auf zerborstenes Pflaster, auf die Ecke eines grünen Fensterladens. Einen Momet lang beleuchtet er ein Relief der Muttergottes mit Kind in einer Nische, einen Strauß von Wachsblumen. Die Tür fällt leise zu, und dann ist es dunkler als zuvor.

Ein enger Torbogen, und dann dieser stille Raum. Oben die weißen Spitzen des Duomo, mit allen Heiligen und Engeln, von Scheinwerfern und Mondlicht angestrahlt.

Die neue Kathedrale ist ein Gebäude, das nie gebaut wurde, es wurde aufgegeben wegen der Pest. Es ist keine Ruine, sondern eine in Stein skizzierte Idee, sagt er. Hier, wo ihre Mauern sich mit denen aus anderen Jahrhunderten treffen, hören sie Gesang.

Die Piazza hat tiefe Winkel. Aus einem dieser Winkel ganz in der Nähe kommt zuerst Gemurmel, Gelächter, der Schein einer Taschenlampe. Dann erklingt eine Gitarre, und eine Stimme. Die Stimme eines Mädchens, nicht mädchenhaft. Fünf oder sechs Jungen und Mädchen sitzen auf den Stufen unter einem Säulengang. Ein Junge spielt Gitarre, ein anderer hält die Noten.

Das Lied, das aus den Schatten heraustönt, klingt nach Jugend.

Tom steht da, mit einem halben Lächeln und wendet die Augen nicht von dem Mädchen, während es singt. Der Lichtstrahl ruht auf den Noten und wirft einen schwachen Widerschein auf das junge Gesicht.

Das Lied ist vorüber, und man hört Flüstern, Beratungen, das Rascheln von Papier.

Er blickt auf sie hinab, und sein Gesichtsausdruck ist wachsam.

Es gibt keinen Zweifel, was los ist.

Er wartet.

Sie sagt: »Du hast zuviel von mir erwartet, Tom. Ich habe versucht, es dir recht zu machen.«

»Hast du das wirklich getan?«

»Damit du mir wieder vertraust.«

»Wenn du denkst, daß ich nur das wollte, dann hast du nichts begriffen.«

»Was willst du denn?«

»Wenn du das noch nicht weißt...«

Zu spät.

Er sagt: »Ich wollte, daß du mir vertraust.«

Dies könnte die schlimmste von allen ihren Nächten werden.

Die Jugendlichen haben beschlossen, was sie als nächstes spielen und singen wollen.

Tom weiß es, so still, wie er plötzlich steht.

Nach ein paar Tönen weiß sie es auch.

Amarilli mia bella ... Glaubst du nicht, meines Herzens Entzücken, daß du die eine bist, die ich liebe ...

Als sie es zum ersten Mal hörte, lernte er es gerade, und sie stand, mit einem Messer in der Hand, in der Küche, von Rührung überwältigt. Nicht von den Wörtern, die sie als konventionelle Liebesworte erkannte, wenn sie sie auch kaum verstand. Nein, von Toms Stimme. Davon, daß sie Tom hatte.

Nimm meinen Pfeil, öffne meine Brust und du wirst auf meinem Herzen geschrieben sehen: *Amarilli e 'l mio amore.* Amaryllis ist meine Liebe. Wenn er sich vertat und von vorn beginnen mußte, machte es das Ganze noch schwerer für sie. Sie hätte alles getan, um es ihn nicht merken zu lassen.

Jetzt dieses Lied zu hören, beraubt sie aller Gedanken.

Bis ihr, als sie da im Dunkeln neben ihm steht, während die Stimme des Mädchens sie mit einer Fülle umgibt, die aus den Steinen zu dringen scheint, durch den Kopf geht: Es ist gar nicht so seltsam. Da es Tom ist, der mich hierhergebracht hat, und da diese Musik ein Teil von ihm ist.

Eine Frau und ein Junge erblicken einander eines Nachmittags in einem Zug, ein alter Mann stolpert, ein Opossum schießt über eine nasse Straße. Diese Dinge kann man nie vorhersehen, es sind die wahren Zufälle des Lebens.

Von allen Dingen, die geschehen, auf allen Reisen, die du machst, wirst du nur in wenigen eine Bedeutung sehen. Du nimmst sie an, wenn du kannst oder mußt, und den Rest läßt du vergehen. Die, die du behältst, gehören dir.

Er sagt: »Es war immer für dich, Aly. Ich kann es nie mehr zurücknehmen.«

Eine letzte Chance.

Sie ist nicht in der Lage, seinen Namen auszusprechen. Zitternd holt sie Luft, tut, was sie am ersten Tag getan hat. Sie nimmt sein Gesicht in ihre Hände. Und es ist so, wie es war.

Die leiser werdende Stimme folgt ihnen über den Platz.

Sie suchen nach der dunkelsten Ecke.

Er zieht sie hinein, steht über ihr, wie er es nie tat, wenn sie kämpften, drückt sie mit dem ganzen Körper hart an die Mauer. Toms Körper ist warm, die alten Steine bergen noch die Wärme des Nachmittags in sich. »Ich bin achtzehn«, sagt er. Wenn er nicht direkt auf den Punkt käme, wäre er nicht Tom. »Aly, niemand kann uns aufhalten! Wir können heiraten!«

Das ist genug, denkt sie. Für mich ist es genug. Aber ich habe mich schon einmal geirrt. Und es gibt noch die Welt.

»Hör zu, Aly«, sagt er drängend. »Ich meine es ernst. Und wenn du es auch ernst meinst, laß es uns tun. Damit alle wissen, daß es uns ernst ist. Ich will nicht mehr herumvögeln.«

Es gelingt ihm immer noch, sie gleichzeitig zum Lachen und zum Weinen zu bringen. »Ich glaube nicht, daß du so etwas sagen solltest, Tom!«

»Das sind nicht die Sätze, in denen man Übung bekommt«, sagt er ganz richtig. »Das hier ist es.« Er lehnt sich zurück, damit er ihr Gesicht sehen kann, dreht es zum Licht. »Du mußt nicht weinen, Aly. Nicht jetzt. So eine lange Zeit. Wir haben nie aufgehört, aneinander zu denken. Und sieh mal, wir kommen zueinander zurück«, sagt er. In seiner Stimme liegt ein Stolz, der sie beinahe schmerzlich berührt.

Drei Jahre sind es gewesen, vom ersten Kuß an. Eine lange Zeit für ihn, und für mich nicht weniger. Und immer noch keine süße Zwanzig, Tom. Noch immer nicht halb so alt wie ich.

»Du bist dir doch sicher, Aly, oder? Es hat dir doch noch nie leid getan mit uns beiden?«

»Du hast mich so etwas schon einmal gefragt.«

»Seitdem ist viel passiert.«

»Es hat mir nie leid getan«, antwortet sie nüchtern.

Er öffnet den Mund, um etwas zu sagen, bricht aber ab und blickt weg.

Weine nicht, Tom. Ich könnte es nicht ertragen. Und ich werde dir diese Frage nie stellen, weil du es nie gelernt hast, mich anzulügen.

Aber er glaubt, er schulde ihr eine Antwort, deshalb sagt er mühsam: »Während der Zeit, in der ich wütend war, Aly. Sie zählt nicht.«

Sie berührt sanft seine Wange.

Dann sagt er: »Vielleicht zählt sie doch. Aber das ändert nichts. Ich habe immer gewußt, was ich wollte. Habe ich es dir nicht gezeigt? Ich wäre niemals über dich hinweggekommen. Ich komme nicht leicht über Dinge hinweg. Ich bin treu.« Sie spürt, wie er im Dunkeln errötet. »Ich meine, ich werde treu sein, wenn du mich läßt.«

»Ich weiß.«

Er atmet lange und ruhig aus.

Instinktiv drückt sie sich an ihn, die alte Mauer im Rücken. Eine fast unmerkliche und doch elementare Bewegung. Noch bevor sie etwas sagt oder denkt. Und Tom hat sie verstanden. So einfach ist das.

Mit seiner gewohnten Kompetenz und etwas Neuem – einer Art von Besitzergreifen, denkt sie, als sie ihm ihr Gesicht darbietet, das er sich sicherlich verdient hat – streicht er ihr die Haare aus der Stirn und wischt mit den Fingern über ihre Augen. Und in dem Moment könnten sie nicht sagen, wer von ihnen der Ältere und wer der Jüngere ist.

»Vielleicht sind wir sogar ganz gewöhnlich«, sagt er zu ihr, »außer bei dieser einen Sache.«

Er hat vor dieser einen Sache nie Angst gehabt. In seiner Natur liegen Leidenschaft und Beständigkeit, er weiß das, und er kennt ihre Quelle. Er hat gesehen, wie sich Leidenschaft langsam auflöste, Beständigkeit sich zu Unbeugsamkeit verhärtete. Er glaubt, er habe eine Harmonie zwischen ihnen gefunden, sein tiefstes Bedürfnis, indem er sie liebt. Daneben spielt nichts eine Rolle. Weder sein Alter noch ihres, nichts, was irgend jemand gesagt oder gedacht hat. Und am Ende nicht einmal ihr eigener Verrat.

Auch sie ist stolz, daß sie das getan hat, was sie tun mußte, um es wieder richtig zu machen, und es kommt ihr unglaublich vor, daß sie ihn jemals weggeschickt hat, daß sie sich je dazu gebracht hat, ihn nur deshalb zu verletzen, weil er jung war.

»Aly?« Ihr Schweigen hat seine Stimme unsicher gemacht.

»Ich bin sicher, Tom.«

Sein strahlend glückliches Lächeln ist wie die Sonne.

Später, als sie plötzlich so etwas wie Furcht überfällt, fragt sie ihn: »Und wenn wir das Lied nicht gehört hätten?« Wenn die Musik uns nicht ergriffen hätte, wenn sie uns nicht etwas gegeben hätte, an dem wir uns festhalten konnten, als wir schon auseinanderzufallen drohten?

Er ist wieder voller Selbstvertrauen. »Dann wäre etwas anderes geschehen, Aly. Wo wir schon so weit gekommen sind.«

Sie nimmt seine Hand von ihrer Brust, und küßt zärtlich jeden einzelnen seiner schlanken Finger. »Tom, wirst du wieder spielen?«

»Wie könnte ich nicht spielen wollen, solange ich dich damit zum Weinen bringen kann?« sagt er.

Im Flugzeug nach Hause werden sie Glück haben, sie werden drei Plätze ganz für sich allein haben, und sie werden aneinandergeschmiegt schlafen. Das Geräusch der Lichtblenden, die hochgeschoben werden, wird sie wecken, Licht wird über die gähnenden Leute, die Decken, die Schuhe, die Zeitungen fluten. Über die Bildschirme wird ein Golfspiel ohne Ton übertragen werden. Der Geruch von Schinken. Frauen, die damit rechnen, abgeholt zu werden, werden mit ihren Kosmetiktaschen in den Toiletten verschwinden und nicht wieder herauskommen. Babies, denen die Ohren schmerzen, werden anfangen zu jammern. Und während der Landeanflug beginnt, wird er neben ihr am Fenster sitzen. Sie werden das Glitzern des Hafens sehen, türkisfarbene Swimmingpools, Boote, Brücken, das Opernhaus, Olivers monströses Gebäude, Gastanks. Ein windiger, klarer Morgen. »Dort drüben«, wird er sagen, und sie werden versuchen, den Punkt auszumachen, den Park, das Haus seiner Eltern.

Dann das Quietschen und Rauschen, das Aufsetzen, das Pfeifen auf der Landebahn.

Sie werden die Wohnung aufschließen. Er wird die Koffer mitten auf den Boden fallen lassen, sich im Wohnzimmer umsehen und ihr sagen, das erste, was sie machen müßten, ganz bestimmt, sei, diesen Wohnzimmertisch hier herauszuschaffen, und das zweite sei, gründlich zu überlegen, was mit den floralen Mustern geschehen soll.

»Das Bett behalten wir«, wird er sagen. »Du wirst mir ja doch kein graues Industriemetallgestell erlauben, oder, Aly?«

Er wird sie umarmen und in freudiger Erleichterung mit ihr auf das Bett sinken, in dem sie beim ersten Mal mit ihm gelegen hat. So ist es richtig, hatte er gesagt, da er ganz genau wußte, wie es sein sollte.

Dann wird eine Erinnerung in ihren Kopf fahren wie ein Dorn, wenn man sorglos nach einer Rose greift, und sie wird scharf die Luft einziehen. Die Erinnerung an jenen Morgen, als sie in wachsender Panik mit der Hand neben sich über das Laken fuhr, nach ihm suchte, und er war weg. Die Morgen, die folgten. Mach mit dem Bett, was du willst, Tom!

Aber er wird nicht mehr daran denken.

Danach wird er seinen Kopf zurückwerfen und sich die Haare aus den Augen schütteln und sagen: »Frühstück!« Und sie wird seinen schweißglänzenden Hals küssen, ihn anlachen und ihn nicht aufstehen lassen. Auch sie wird es vergessen haben.

Zum Schlafen wird es dann auf jeden Fall zu hell sein.

Auf dem Balkon wird ihr hastig zusammengeschustertes Bewässerungssystem versagt, und der Wind überall vertrocknete Blätter herumgeweht haben.

Er wird einen Karton aufschnüren und überall Stroh verstreuen, in das sie die billigen Keramikplatten, auf die sie sich geeinigt hatten, eingepackt hatten, damit sie die Reise heil überstehen. Eine ist zerbrochen. »Mach dir nichts draus, Aly, ich klebe sie wieder zusammen, so daß du es gar nicht siehst«, wird er versprechen.

Sie wird sie anschauen und denken: Wir haben gemeinsame Sachen. Tom und ich.

Das ist er. Das bin ich.

Toby wird an der Tür stehen, mit einer Flasche Champagner. Für später. »Hab ich mir gedacht, daß ich euch hier finden würde, wird er sagen. »Na ja. Ihr seid also nach Hause gekommen.« Und, ungewohnt an ihm, wird er sich um den richtigen Tonfall bemühen. »Wann willst du dich endlich wegen des Bartes entscheiden, Kumpel?«

Tom wird in die Küche gehen, um nachzuschauen, ob sie Bier haben, und Toby wird sie neugierig fragen: »Was hält deine Mutter denn von dem Ganzen?«

»Sie liebt ihn.«

»Wann hat sie ihn kennengelernt?«

»Noch gar nicht.«

Dann wird er sagen: »Du hättest dich schon früher durchsetzen sollen, Aly. Ich hatte nie den geringsten Zweifel, daß du es schaffen kannst. Ich weiß, wann ich verloren habe, und mehr hätte ich nicht riskiert.«

Wenn sie dann anfängt zu reden, wird sie sagen, du Idiot, was glaubst du, was du hier getan hast?

»Louise dagegen ...« er wird nach einem Weg suchen, es auszudrücken, »Louise weiß eigentlich nichts über Verluste.«

Louise wird vorbeikommen, um Toby abzuholen, aber sie wird nicht hereinkommen, deshalb geht Tom mit nach unten, um sie zu sehen. Alyson wird auf den Balkon treten, um ihre Pflanzen zu gießen. Sie brauchen es dringend.

Ein Flattern leuchtender Flügel, und ein Lori taucht auf dem Geländer auf, dann noch einer. Sie wird spielerisch zu ihnen sagen, fliegt nicht weg, aber eine unerwartete Gefühlsaufwallung wird ihr die Worte abschneiden. Er ist wieder da, wird sie eigentlich sagen wollen.

Louises Auto wird direkt unter dem Balkon stehen, und er wird sich dagegen lehnen, die Beine an den Knöcheln gekreuzt, die Arme verschränkt, völlig lässig. Bei irgend etwas, das er sagt, wird Louise, die neben ihm steht, scharf aufblicken, wobei ihr die Haare übers Gesicht wehen.

Alyson wird nicht so tun, als sähe sie sie nicht, auf

ihrem zugigen Balkon mit der Gießkanne in der Hand. Ihr wird ein wenig schwindlig sein, dieses seltsame Gefühl, das man nach einem langen Flug hat, dieses dumpfe Gefühl im Kopf vom Lärm und Schlafmangel, und jetzt dieser frische, salzige Wind.

Louise wird ihre Sonnenbrille aufsetzen und ins Auto steigen. Er wird an die Scheibe klopfen, sie wird sie herunterdrehen, und er wird noch etwas sagen. Er wird nie aufhören, ihr etwas anzubieten. Er wird zurücktreten, und als Louise anfährt, wird er sich umdrehen und aus Alysons Blickwinkel verschwinden.

Sie wird hören, wie er irgend jemandem auf der Treppe einen guten Morgen wünscht. Sie wird ihre Pflanzen verlassen, sich die Hände am Hemd abwischen und ihm entgegengehen.

Er wird zur offenen Tür hereinkommen, und auf der Wand hinter ihm wird ein strahlender Fleck Morgensonne zu sehen sein. Und während der Wind draußen durch die Bäume rauscht, wird er hüpfen und flackern wie Flammen.

Zuerst wird sie sein Gesicht kaum erkennen können, aber dann wird es ihr endlich gelingen, und es wird aussehen wie das des Jungen aus dem Zug und sich bei ihrem Anblick aufhellen.

»Jetzt sind wir allein, Aly«, wird er sagen.